Das Buch
Adam, der bis dato ohne Sorgen aufwuchs und das Leben leicht nimmt, muss sich der Verantwortung stellen. Dass er in der Lage ist, Magie zu weben, verunsichert ihn zunächst. Doch mit Emiliana als Behüterin an seiner Seite begibt er sich auf eine ungewisse Reise zu großen Abenteuern voller Missgunst, Krieg und Leid, aber eben auch der wahren Liebe...

Der Autor:
Uwe Balzereit, 1969 in Schwerin geboren, ist Vater von 3 Kindern und wohnt in der kleinen Stadt Güstrow in Mecklenburg Vorpommern. Inspiriert durch seine eigenen Lagerfeuergeschichten in Ferien- und Jugendfilmcamps brachte er die dort erzählten Abenteuer vom „Magierbund" nun zu Papier.

Magierbund

Die Welt von
Arida

Band I

Ellion

Uwe Balzereit
2017

Einband und Karte: www.gregor-reisch.de
Zeichnungen: Sabrina Pahlke
Lektorat und Satz: www.mandy-kommoss.de

Bibliografische Informationen der Deutschen Nationalbibliothek.
Die Deutsche Nationalbibliothek verzeichnet diese Publikation in der
deutschen Nationalbibliografie, detaillierte bibliografische Daten sind
im Internet über dnb.dnb.de abrufbar.

TWENTYSIX- Der Self Publishing - Verlag
Eine Kooperation zwischen der Verlagsgruppe Random House und
BoD-Books on Demand

© 2017 Uwe Balzereit

Herstellung und Verlag BoD - Book on Demand, Norderstedt
ISBN 978-3740732837

INHALTSVERZEICHNIS

Prolog	11
Farions Geschichte	15
Das Versprechen	21
Dämonen	32
Hilfe in der Nacht	42
Undine	49
Der magische Eid	61
Auf neuen Pfaden	71
Erste Versuche	75
Elfen	92
Die Prüfung	104
Eine neue Welt	108
Erinnerungen	112
Neue Schritte	128
Schwarzfels	134
Trunan	157
Zwerge	165
Zwergenvolk	183
Rückkehr zu den Elfen	193
Ellion	198

__Für Josephine__

PROLOG

Laut war es in der großen Halle. Das Stimmengewirr übertönte die Person, die am Rednerpult verzweifelt versuchte, sich zu behaupten. Mithilfe von Magie beobachtete sie das Durcheinander und setzte nun mit unmenschlich lauter Stimme an: »Ruuuhe! So hört doch zu!« Schlagartig war es still im Ratssaal. Alle Augen richteten sich auf Olidir, dem Ältesten des Rates.

»So hört mir zu! Die Prophezeiung sagt uns doch genau, was wir tun müssen. Fortschritt und Entwicklung in dieser Form dürfen nicht passieren! Wir können nicht zulassen, dass ein Magier nochmals so mächtig wird. Völker wurden vernichtet, weil wir es einst gebilligt haben, dass ein Einzelner von uns Mächte gerufen hat, die nicht zu kontrollieren waren. Wir haben zugelassen, dass unser aller Wissen missbraucht wurde! Es ist vorhergesagt, dass ein weiterer großer Magier hervorgehen wird. Allerdings werden wir diesmal Einfluss nehmen und seine Entwicklung wie auch die Entwicklung derer, die mit ihm verbunden sind, genau beobachten. Alles um sie herum muss zeitlichen Begrenzungen unterliegen, nur so können wir gezielt ein Erwachen des Bösen erkennen und es auch bekämpfen. Kein weiteres Mal dürfen wir zulassen, dass eine ganze Welt am Abgrund steht und wir nahezu machtlos zusehen.«

Olidir schaute in die Runde. Fast alle Plätze in dem riesigen alten Saal waren besetzt. Magier aus allen Welten waren hier versammelt. Der Hohe Rat rief sie zusammen, nachdem das hiesige Land einen Krieg der Dämonen erfuhr, dem Millionen zum Opfer fielen. Nur durch Besonnenheit und Zusammenhalt gelang es, das Übel zu beseitigen und alle Portale zu säubern. Portale, durch die Wesen einbrachen dunkler als die Nacht. Sie brachten Tod und Zerstörung.

Olidir hob erneut zu sprechen an: »Ich schlage deshalb vor, dass das Buch der Elemente zweigeteilt wird. Durch das Los soll entschieden werden, wer es bewahrt. Auch empfehle ich, dass der Stab der Elfen wieder in die Obhut der Elfen kommt und das Schwert Trunan soll zurück in den Schwarzfels gebannt werden, wo es einst herkam. Die Festung der Flüche soll fortan Zentrum für diejenigen sein, die Gutes mit Magie bewegen wollen. Hier werden wir die Magie zu lenken üben und uns weiterbilden zum Wohle aller Welten.«

Ein Raunen ging durch die Reihen. Viele Köpfe nickten stumm voller Zuspruch. Der Rat der Ältesten erhob sich und so wurde es beschlossen.

Von nun an war die Welt ARIDA vom Lauf der Zeit abgeschnitten. ARIDA wird seither durch jeden Magier hier in der Festung der Flüche bewacht und gelenkt.

Hier beginnt die Geschichte eines Jungen, der noch kein Mann war, in einer Welt, in der die Zeit merkwürdige Dinge hervorbrachte. Eine Welt voller Magie und Gefahren, die das Leben eines jeden veränderte.

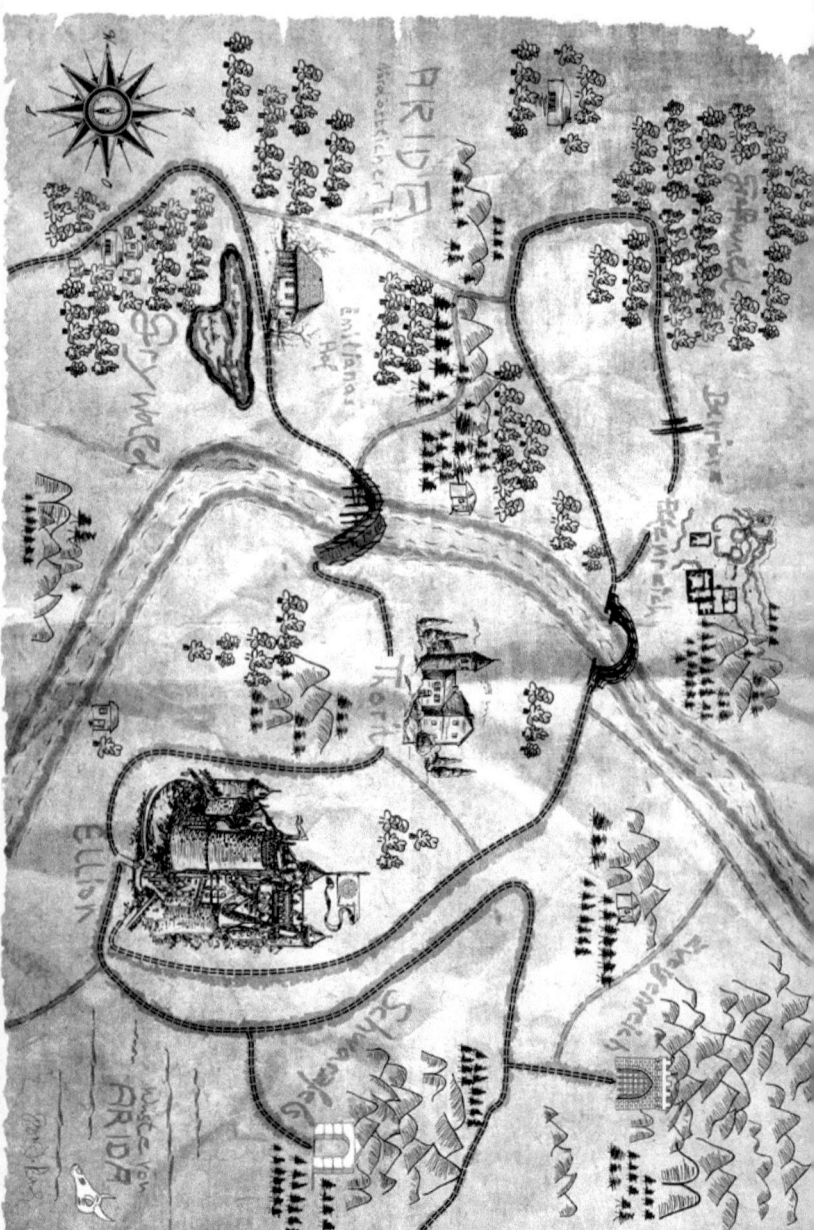

FARIONS GESCHICHTE

Der Abend war noch jung. Dennoch war es jetzt an der Zeit, die Arbeit niederzulegen und für den neuen Tag auszuruhen. Am Horizont konnte man die untergegangene Sonne noch erahnen. In einem langen Bogen färbte sich der Himmel goldgelb bis fast tiefrot. Auch der Wind schlief bereits und einige Schwalben glitten durch die Luft über den ruhigen See, um Insekten zu erbeuten, die jetzt zahlreich schwärmten.

Das Dorf war zu klein und zu abgelegen, als dass sich hier jemals einer hin verirren würde. Selbst die fahrenden Händler kamen nur einmal im Jahr vorbei.

Abgeschirmt von all dem Fortschritt, den die Welt bereits erfahren hatte, schien es, als stünde hier im Dorf die Zeit still. Man hatte seine Bewohner wohl schlichtweg vergessen und das über mehrere Generationen hinweg. Als weißer Fleck auf der Karte des Reiches waren sie somit auf sich allein gestellt und verbrachten ihr Leben in ihrer eigenen Gemeinschaft.

Nicht jedes Dorf hatte einen Barden oder Erzähler, der durch das Land zog und von fernen Welten und

Abenteuern berichten konnte, doch Henry, einer der Alten, war bekannt für seine Geschichten, die er immer vorbrachte, als hätte er sie selbst erlebt.

Die anderen machten es sich bequem und steckten die müden Beine lang aus. Man spürte zwar noch die wohlige Wärme, die die Sonne vom Tag zurückließ, doch brannte hier am See schon ein anständiges Feuer. Das Holz knackte und sprühte dabei Glühwürmchen in die Luft. Eine Leier spielte leise Musik und ein Kessel, aus dem es köstlich duftete, hing über den Flammen. Krüge mit Wein und anderen aromatischen Getränken gingen um.

Hier im Dorf mussten alle mit anpacken, um den harten Winter zu überstehen. Nach zwei schlechten Ernten sah es nicht gut aus mit den Vorräten. Das durfte dieses Jahr nicht wieder passieren, also wurde das wenige noch wachsende Getreide und Gemüse gehegt und gepflegt.

Heute aber genossen die Menschen am Feuer den Augenblick der Ruhe nach einem arbeitsreichen Tag. Die Zeit war gekommen und Henry begann, seine Geschichte zu erzählen.

Ihr werdet es nicht glauben. Vor langer Zeit gab es an diesem Ort ein Ereignis, von dem heute nur noch die Alten wissen. Einst lebte bei uns im Dorf ein Junge, der den Namen Adam trug. Adam war um die 20 Jahre jung und in den Augen der Mädchen eine anziehende Erscheinung. Mit seinem braunen Haar und den grauen Augen sahen sie in ihm etwas Besonderes. Anstatt einer Arbeit nachzugehen, stellte er den Mädchen auch fortwährend nach und umgarnte sie mit kecken Sprüchen. Schnell machte er sich im Dorf einen schlechten Ruf.

Eines Abends im Wirtshaus erfuhr einer der Dorfbewohner, dass Adam sich um seine Tochter bemühte und das nicht mit ehrenvollen Absichten, sondern um ein „Abenteuer", wie er es so oft nannte, zu erleben. Angetrunken dank einer beachtlichen Menge Bier kam der Vater wutentbrannt aus dem Wirtshaus getorkelt, um mit Adam Klartext zu reden, denn was genug ist, ist genug!!! Seine Tochter war bereits versprochen, das Aufgebot bestellt und am Rathaus angezeigt!

Dort! Adam lief über den Dorfplatz, adrett angezogen und ordentlich frisiert. Wie man ihn kannte.

Der Alte rief: »Eh, du! ADAM!«

Adam drehte sich zu der Stimme um, die ihn da rief. »Oh nein! Undines Vater!« Adam konnte schon am Gesichtsausdruck erkennen, dass dessen Laune auf dem Tiefpunkt war. Er beschleunigte seine Schritte. Stark genug, um einer solchen Wut standzuhalten, war er eben nicht, das wusste Adam, daher wollte er

diesem Unterfangen besser aus dem Weg gehen. Undines Vater schäumte vor Wut! »Du Bengel entkommst mir nicht! Heute wird abgerechnet!« Adam erschrak, wie schnell er doch eingeholt wurde und in diesem Moment packte der Mann ihn auch schon und warf ihn zu Boden. Mühsam rappelte er sich auf. Adam bekam es mit der Angst zu tun.
»Wenn ich dich noch einmal in der Nähe meiner Tochter sehe, dann Gnade dir Gott!«, brüllte der Alte. »Aber ich liebe Eure Tochter!«, rief Adam. Seine Stimme war mehr ein Krächzen als die eines Mannes.
»Du meinst du liebst sie?«, fragte der Vater. »Du willst doch nur deinen Spaß haben und dann bist du weg. Das hört auf, sofort! Du befleckst nicht weiter die Ehre unserer Familie!«
Mittlerweile bemerkten auch die anderen Dorfbewohner den Tumult. So wurde eine Kerze nach der anderen entzündet und die Fensterläden wurden aufgeklappt, um zu sehen, was dort vor sich ging.
Undines Mutter kam herbeigeeilt und zerrte an ihrem Mann. »Komm nach Hause! Schon wieder hast du zu viel getrunken!«, rief sie aufgebracht.
Undines Vater war außer sich. »Ich muss das klären! Undine ist einem anderen versprochen und er soll sich fernhalten, dieser Taugenichts!«

Adam, der seine Kleider säuberte und glatt strich, schaute betroffen zu den Leuten, die sich inzwischen versammelt hatten. »Oh Mann«, dachte er, »wie komme ich aus dieser Misere nur wieder raus«, als dann auch noch Undine kam und direkt auf ihn zuhielt. Kaum stand sie vor ihm, flog auch schon ihre flache Hand durch die Luft und traf Adam mitten ins Gesicht. »Diese Ohrfeige hast du dir verdient!«, rief sie und ihre Stimme überschlug sich dabei. „Mir machst du schöne Augen und nebenher bandelst du mit Emiliana an!?" Adam stieg die Röte ins Gesicht, nur dort wo Undines Hand gelandet war, war alles strahlend weiß. Während dieses Weiß sich zusehends in ein tiefes Rot wandelte, erkannte er einen Ausweg.

Adam drehte sich zu Undines Eltern, die die Szene mit Erstaunen beobachtet hatten. »Ich verspreche, dass ich mich von Eurer Tochter fernhalten werde! Und Undine«, er sah sie an. »Mit uns konnte es niemals etwas werden, denn deine Eltern hätten dem zu keiner Zeit zugestimmt. Bitte verzeih mir!« Er drehte sich um und verschwand schnell in der Dunkelheit.

Undine brach in Tränen aus. Sie hatte Adam wirklich geliebt und nun solch eine Schmach vor all den Leuten hier im Dorf. Undines Mutter rührte sich aus ihrer Starre und nahm Ihre Tochter in den Arm, um sie dann leise Trost zuredend nach Hause zu bringen. Undines Vater folgte fluchend und mit leicht schaukelndem Gang.

So leerte sich dann auch der Dorfplatz wieder, die Ruhe kehrte zurück. Fensterläden schlossen sich quietschend und die Lichter wurden gelöscht. Stille senkte sich über alles. Die Nacht brach herein.

DAS VERSPRECHEN

Emiliana, so glaube mir doch! Es ist nicht, wie du denkst! Emiliana ich liebe dich und möchte dich heiraten! Bitte versteh doch! Ich weiß, dass du mir nicht trauen kannst nach den Geschehnissen letzte Nacht, aber bitte versuche doch, mir zu glauben, dass ich nur dich liebe! Bitte Emiliana, bitte!«

Er lag Emiliana zu Füßen und sogar Tränen rannen über sein Gesicht. Emiliana schob ihn sanft von sich. »Ich denke, es ist besser, wenn wir uns nicht mehr sehen.« Verzweifelt nahm Adam nochmals ihre Hände in seine und schaute ihr in die Augen. »Bitte glaube mir!«, flehte er.

»Was tut er mir nur an?«, dachte Emiliana verzweifelt. Natürlich mochte sie Adam, doch gab es kaum ein Mädchen im Dorf, das solch Versprechen nicht schon von ihm gehört hatte. Wie sollte sie herausfinden, ob er es ernst mit ihr meinte?

Sie öffnete seinen Hände, entzog ihm ihre Finger und sprach: »Adam, bemühe dich um eine redliche Ausbildung und zeige mir, dass du treu sein kannst. Hierfür gebe ich dir drei Monate Zeit, so lange werde ich auf dich warten. Sollte sich bis dahin nichts geändert haben, möchte ich dich niemals wiedersehen. Ja, ich werde sogar den Dorfschulzen auf dich hetzten! Also bedenke, wer und was dir wichtig ist.« Mit diesen Worten strich sie ihren Rock glatt, ließ Adam völlig verdutzt stehen und ging heim.

»Oh, was soll ich nur tun?«, dachte Adam. Er mochte ihre grünen Augen, die ihn von Anfang an verzaubert hatten, ihr weiches schwarzes lockiges Haar und ihre schlanke Gestalt. Aber deswegen sein Leben aufgeben? Deshalb alles ändern und erwachsen werden?

Zu Hause angekommen wunderte er sich. Überall standen Kisten, Taschen und große Koffer.

»Was ist hier los?«, rief Adam erstaunt. »Was geht hier vor?«

Sein Vater kam aus der Küche. »Junge, wir werden in die Stadt gehen, denn ich habe dort eine Stelle als Gelehrter an der Universität angenommen und darf meinen Wissenschaften nachgehen. Deine Mutter ist bereits dort, sie richtet alles für uns her. Du wirst bei mir in die Lehre gehen und es zu etwas bringen! Viel zu lange habe ich zugesehen, wie du dein Leben wegwirfst!«

Träumte Adam? Was ging nur vor sich? Ging denn jetzt alles unter? Verwirrt blickte er sich um. Nein, es war kein Traum. Sein Leben änderte sich tatsächlich.

»EMILIANA«, dachte er schlagartig!
»Vater! Nein! Bitte, das könnt Ihr nicht tun!«, rief Adam voller Verzweiflung.
Seine Papiere ordnend blickte Adams Vater durch seine kleine Brille. Sonnenstrahlen blitzten kurz auf die immer sauber polierten Rahmen der Brille. Seine Stirn zog sich kraus und sein Gesicht drückte alles andere als Freude aus. Adam verstand.
»Bitte Vater, gebt mir nur drei Monate, dann gehe ich gerne mit Euch und werde die Ausbildung ganz sicher beginnen. Mir ist hier etwas sehr wichtig und das muss ich zuvor klären.«, flehte er.
»Also gut.«, sagte Adams Vater. »Aber ich muss meine Experimente rechtzeitig beginnen und so sehen wir uns dann nur an den Wochenenden. So lange kannst du im Dorf bleiben. Du fährst dann aber mit dem letzten Wagen mit, keinen Tag später!«
Während des Essens trommelte Adam nervös mit den Fingern auf die Tischplatte oder rührte mit der Gabel auf seinem Teller umher, ohne es zu bemerken.
»Adam, was ist los mit dir? Was träumst du so?«, fragte sein Vater. »Ach nichts, ich war nur in Gedanken.«, antwortete er. »Die Träumerei werde ich dir schon austreiben, sobald du in der Stadt bist. So und nun iss! Sieben Tage bin ich unterwegs, da wird es so eine gute Küche nicht geben. Danach hilf die restlichen Sachen aufzuladen! Die Arbeit macht sich

nicht von allein!«

Widerwillig ging Adam in den Hof, wo eine Unmenge an Kisten und Koffern auf den Wagen verladen wurden. Den Helfern klebte vor Anstrengung bereits die Kleidung am Körper, aufgewirbelter Staub legte sich auf ihre Haut, so dass sie aussahen, als wenn sie den Ofen reinigen würden.

»Was glotzt du so?« Schweißtropfen rannen über das Gesicht des großen Mannes, der vor ihm stand. »Pack mit an und steh hier nicht so blöd rum, sonst mach ich dir Beine!«

Adam ging schnell auf einen Berg mit Kisten zu und trug diese zum Wagen. Murrend setzte der Mann sich ebenfalls wieder in Bewegung.

Adam bedauerte es, sich neu eingekleidet zu haben. Schon nach kurzer Zeit war alles völlig verstaubt und durchgeschwitzt. Dazu kam, dass er sich ein langes Loch ins Hemd gerissen hatte, als ihm eine der schweren Holzkisten aus den Händen glitt. Eine Hand landete auf seinem Hinterkopf und jemand schimpfte: »Du Dummkopf, nicht einmal richtig anpacken kannst du!«

Nachdem die Arbeit getan war, eilte er ins Haus und sah sich noch einmal in seinem Zimmer um. »Sein Zimmer«, dachte er. Es war leer hier, wie auch sein Leben leer sein wird. Einzig der große Holzschrank mit dem liebevollen Blumenmuster und den feinen

Schnitzereien, auf den er schon als Kind gekrabbelt war, um sich zu verstecken, stand hinter dem Stuhl, auf dem nur noch die wenigen Kleidungstücke lagen, die er für die Reise benötigte. Noch drei Monate dann sollte er dies alles hier zurücklassen? Er würde sie vermissen, die vielen Jahre, die er hier verbracht hat. Adam bemerkte es noch nicht, doch der erste Schritt zum Erwachsenwerden war getan.

Die Wochen gingen ins Land. Wenn man auf dem Land tagein tagaus arbeitet, vergeht die Zeit wie im Flug. »Noch zehn Tage, dann sind die drei Monate vorbei«, dachte Adam. »Doch wie erkläre ich es Emiliana nur, dass ich weggehen muss? Wie überzeuge ich sie davon, dass sie mit mir kommt? Wird sie mir glauben? Und was würde sein Vater sagen?« All diese Fragen begleiteten ihn.
Vater Malkier hatte ja seine Stelle in der Universität. Doch auch an den Wochenenden, an denen sie sich sahen, war er immer nur über die Papiere gebeugt und murmelte so etwas wie »Es werden meine Geschöpfe sein... Ein Werkzeug der Macht... Alle werden mir zu Füßen liegen...!« vor sich hin. Adam begann schon, am Verstand seines Vaters zu zweifeln und seine Mutter machte sich ebenfalls Sorgen. Malkier hatte einen schlechten Ruf an der Universität, er sei zu streng mit seinen Schülern,

erprobte nur seine Experimente und hielt sich an keinen Unterrichtsplan. »Was mag es nur sein, das ihn so verändert hat? Wären wir doch nur im Dorf geblieben, mein lieber Sohn.«, sagte sie einmal zu Adam.

Er bekam zwar viele Aufgaben von seinem Vater, aber ein Studium war es nicht, was er hier begonnen hatte. Er absolvierte wohl lediglich eine Ausbildung zum Laufburschen statt den Erwerb irgendeiner Qualifikation. Adam durfte niemals bei den Forschungen dabei sein, immer musste er das riesige Labor seines Vaters zuvor verlassen.

»Vater, wieso lässt du mich nicht teilhaben?«, fragte er eines Tages. »Wie soll ich deine Wissenschaft lernen, wenn ich niemals zusehen darf?« Adams Vater drehte sich zu ihm und sein Gesicht wurde zu einer wütenden Grimasse. Adam wusste, das verhieß nichts Gutes. »Wenn ich dir sage, dass du gehen sollst, dann tust du das auch!«, schrie er. Seine immer ordentlich glatt gekämmten Haare fielen ihm ins Gesicht und verliehen ihm dazu einen irren Ausdruck. Adam erschrak. So hatte er seinen Vater noch nie erlebt.

»Dann mache deine Sachen in Zukunft ohne mich!«, schrie Adam zurück. »Du lebst nur noch für deine Wissenschaft. Wir, Mutter und ich und alle anderen

sind dir doch völlig gleichgültig geworden! Ich werde gehen, Vater!«
Malkier bebte vor Zorn. Wütend räumte er mit einem Arm seinen Labortisch ab. Krachend fielen Apparaturen zu Boden und Glassplitter flogen durch die Luft. Verschiedene Chemikalien bahnten sich dampfend einen Weg über den Boden. »Geh mir aus den Augen, du Nichtsnutz! Du zeigst keinen Respekt und zweifelst an meinem Können? HINAUS! Ich will dich hier nicht mehr wiedersehen!« Dabei fuchtelte er wild mit den Armen und warf Adam noch seinen Stift hinterher, der krachend einen blauen Tintenfleck neben ihm an der Wand hinterließ.
Adam warf die Tür hinter sich mit einem lauten Knall zu und überlegte: Was war das nur? Das war doch nicht sein Vater. Was ist nur mit ihm passiert? Wenn er auch immer schon streng war, hatte er vorher dennoch immer Zeit für seine Familie. Wie konnte man sich in nur drei Monaten so verändern? Jetzt verstand er, weshalb er seine Mutter nachts leise weinen hörte.
Ohne es zu bemerken war er zu Hause angekommen. Seine Mutter öffnete ihm die Tür. Sie hielt ein Papier in der Hand und hatte Tränen in den Augen.
»Mutter, was ist los? Was ist passiert? Warum weinst du?«

»Ach Adam«, schluchzte sie und nahm ihren Jungen fest in den Arm.
»Was hast du da?« Schweigend reichte sie Adam den Brief. Er trug das Wappen der Universität.

Sehr geehrter Herr Professor,

zum wiederholten Male müssen wir Sie auffordern, Ihr Labor zu räumen. Die von Ihnen in Auftrag gegebenen Mittel sind von uns nicht bewilligt worden und wurden dennoch von Ihnen nach der vor vier Wochen angewiesenen fristlosen Kündigung Ihrer Stellung unberechtigter Weise geordert. Den offenen Betrag von 13.000 Talern fordern wir umgehend zurück. Sollten sie dieser Aufforderung nicht Folge leisten, sehen wir uns gezwungen, Ihr Hab und Gut zu pfänden.

Hochachtungsvoll
Geheimrat Märtens
Universitätsdoktor

Adam verschlug es die Sprache. Was hatte sein Vater getan? Er blickte seine Mutter an, die zusammengesunken auf ihrem Stuhl saß, die Hände im Schoß, wo sie mit den schlanken Fingern nervös

das von Tränen feuchte Taschentuch nestelte. »Mein Junge, ich weiß es nicht. Dein Vater hat all unsere Ersparnisse für seine Experimente aufgebraucht! Wir sind fast mittellos.« Wieder brach sie in Tränen aus.
»Mutter wir gehen nach Hause. Komm, pack die wichtigsten Sachen ein!« Adams Mutter blickte auf. »Was meinst du mit ‚nach Hause'? Hier ist nun unser Heim.«
Adam drehte sich zu ihr, ging in die Hocke, um seiner Mutter in die Augen zu schauen. Er nahm ihr Gesicht in beide Hände und sagte mit fester Stimme: »Mutter, wir waren hier niemals zu Hause! Vater wollte es so, wir aber gehören hier nicht her.«
Sie reichte Adam eine aus schwarzem Glacéleder bestehende Geldbörse. Sie war edel verziert und hatte einen goldenen Verschluss. „Junge, hier nimm das und geh." Adam öffnete die Börse. Mit einem leichten Knacken sprang sie auf. Sie war vollgestopft mit Papieren, Eigentumsurkunden über den Grundbesitz eines Waldes mit Gebäuden nah am See. Dazu noch jede Menge Taler.
Adam erschrak. »Mutter, was soll das? Wo ist das her und weshalb gibst du es mir?«
Sie blickte ihn traurig an. »Ich kann hier nicht weg, Sohn. Ich muss auf deinen Vater achten. Du bist alt genug. Nimm deine Sachen und geh! Du findest eine Karte, die dir den Weg zeigen wird. Wir sehen uns

wieder. Ich liebe dich.«

Ihr liefen die Tränen in Bächen übers Gesicht und auch Adams Blick verschleierte sich. In so kurzer Zeit konnte sich alles verändern, er verlor sein Zuhause, seinen Vater und nun auch noch seine Mutter. Er sollte fortgehen, allein.

»Nein!«, dachte er. »Ich werde Emiliana mitnehmen. Ich muss zu ihr. Ich darf sie nicht auch noch verlieren!«

Wenn auch alles in ihm in Aufruhr war, so war der Gedanke, dass er zurück ins Dorf fuhr, doch beruhigend, denn hier in der Stadt war alles so anders. Die vielen Menschen, all das Licht in der Nacht, die merkwürdigen Maschinen, die wie durch Magie betrieben durch die Gegend fuhren und Menschen transportierten. Er kam nicht umhin zu bemerken, dass die Zeit in seinem Dorf bestimmt um zweihundert Jahre einfach stehengeblieben war. Die Leute in der Stadt schauten ihn wegen seiner Kleidung merkwürdig an, die ja längst nicht mehr der Mode entsprach. Sein Vokabular und seine Art zu reden klangen hier eher altertümlich und deshalb wurde er auch oft belächelt. Doch Adam scherte sich nicht darum, obwohl es schon manchmal etwas wehtat. Die Stadt verwirrte ihn und er war froh, all das hinter sich zu lassen. „Sollen sie doch mit ihrem Fortschritt machen, was sie wollen" dachte er. „Ich

geh nach Hause! Ich gehe zu Emiliana!"
Das war sein Antrieb. Schon morgen würde er sich einen Wagen kaufen und losfahren. Die Leute im Dorf würden staunen, wenn er, der Taugenichts, mit einem Wagen ankam.
Sieben Tage dauerte die Fahrt. Sie war anstrengend, doch das war Adam egal. Er würde Emiliana sehen und nur das allein zählte für ihn.

DÄMONEN

Nichts hatte sich verändert. Alles sah aus, als wäre er nie weg gewesen. Im Dorfkrug nahm er sich ein Zimmer. »Kannst du das denn auch bezahlen?«, fuhr der Wirt ihn an. Adam gab ihm zehn Taler im Voraus. »Das genügt für fünf Tage einschließlich Speisen. Gleich oben links das erste Zimmer.«, gab der Wirt klein bei und verschwand in die Küche. »Tolle Begrüßung!«, dachte Adam. Er bestellte ein Bad, dann Essen und ein Bier.

Sauber und gestärkt verließ er das Wirtshaus. Er wollte sehen, was aus dem Dorf geworden ist. »Oh, unser Adam ist wohl ein hoher Herr geworden«, unkte der Hufschmied Lorin. »Und so adrett gekleidet! Welcher Schönen willst denn heute den Kopf verdrehen?« Er lachte laut und machte sich dann wieder an seine Arbeit. Andere schauten zu ihm herüber und tuschelten leise, doch Adam störte das nicht.

Viele seine Freunde waren nicht im Ort, hatten eine Lehre begonnen oder waren auf Wanderschaft. Also ging er schon bald zurück ins Wirtshaus.

Die Schankstube war zu dieser Zeit recht belebt. Im Kamin tanzte ein Feuer, daneben saß ein Barde und sang Lieder von fernen Ländern, fliegenden Maschinen und all so ein Zeugs. An einem Tisch wurden lautstark Karten gespielt. Er setzte sich in eine Ecke des Raumes, bestellte sich ein Bier und lauschte der Musik. Ein Barde war sehr selten hier.
Marie bediente die Gäste, kam auf Adam zu und fragte: »Möchtest du vielleicht auch noch etwas essen, Adam?« Sie schaute mit so lieben Augen, beugte sich tief zu ihm hinunter und raunte »Ich bin gerne für dich da.«
»Ähm, nein, nein«, stammelte er. »Nein danke, ich habe bereits gegessen. Ein Bier nehme ich noch, das genügt. Danke.« Ihm schoss die Röte ins Gesicht. »Nun aber mal nicht so schüchtern, mein lieber Adam, dein Ruf eilt dir voraus. Ein wenig Spaß tut uns beiden sicher gut!«, grinste Marie anzüglich. »Ich, ich bin vergeben. Nur ein Bier bitte.« Marie lachte. »Der Schwerenöter ist vergeben, oh wie süß!« Ihr Lachen wurde zu einer Grimasse und fünf Minuten später knallte sie ihm wortlos das Bier auf den Tisch und ließ ihn sitzen. Adam trank aus. Der Tag war echt zu viel für ihn. Als er auf sein Zimmer ging, starrten ihm einige Augenpaare unlieb hinterher.

Gleich am nächsten Morgen ließ er Emiliana eine Nachricht zukommen. »Liebste, bitte triff mich heute Nacht am See, gleich nach Sonnenuntergang an unserer alten Stelle. In Liebe, dein Adam.«
Anders als sonst hatte Adam heute das Gefühl, die Zeit wäre stehen geblieben. Er konnte an nichts anderes denken als an sein bevorstehendes Treffen mit Emiliana. Er verbrachte den ganzen Tag im Wirtshaus in seinem Zimmer. Auf dem Bett lagen all die Papiere ausgebreitet, die seine Mutter ihm mitgegeben hatte. Viele dieser Dokumente waren schon sehr alt und trugen aufwendig verzierte Siegel und Bänder. Auch die Karte hatte er gefunden. Sie zeigte ein Gebäude mit Wald am See, vielleicht dreißig Tage entfernt vom Dorf. Seine Mutter hatte ihm niemals etwas davon erzählt. Warum nur nicht? Jetzt war jedoch nicht der richtige Zeitpunkt für Kopfzerbrechen. Er räumte alle Papiere wieder sorgsam ein und versteckte sie im Zimmer.
Endlich! Der Abend nährte sich. Die Aufregung in ihm wurde immer größer. Einige Dorfbewohner steckten ihre Köpfe zusammen und tuschelten, als sie Adam herausgeputzt wie ein Pfau durch das Dorf laufen sahen. »Man sagte, er ziehe mit seinem Vater in die Stadt«, erzählte eine ältere Frau. »Ja, dort findet er sicher wieder genug neue Liebeleien. Ein Taugenichts ist er und wird es immer bleiben!«,

meinte eine andere. »Aber weshalb wohnt er jetzt im Wirtshaus?«, fragte Undines Mutter. »Was sucht er hier nur wieder?«

Adam spürte die Blicke der Leute. Er gab sich Mühe, nicht zu rennen, dennoch beschleunigte er seine Schritte. Er wollte nur noch zu Emiliana, endlich ein neues Leben mit ihr. Er zitterte vor Spannung, sein Herz schlug so laut, dass er annahm, die anderen müssten es hören. Fast rannte er die letzten Meter zum Treffpunkt, so nervös war er. Nur noch ein kleines Stück, vorbei an den drei großen Weiden, die schon ewig standen, als er gerade laufen lernte, und die schon damals riesig und düster wirkten, sobald die Sonne unterging. Das Gras war schon feucht, seine Schuhe glänzten von der Nässe und Kälte kroch bereits durch den Stoff. Aber all dies interessierte ihn nicht. Adam hatte nur ein Ziel: Emiliana!

Dann sah er sie! Sein Herz machte vor Aufregung einen Satz und alles in ihm war Freude. Doch auch die Angst, sie könnte ihm erneut einen Korb geben, hielt sich hartnäckig.

Sie hob eine Hand und winkte ihm zu. Mit wenigen Schritten war Adam bei ihr. Vor lauter Unruhe bekam er kaum ein Wort heraus, stammelte nur so etwas wie ein »Hallo. Na du... Ähm, schön dich zu sehen...« Emiliana sah ihn erstaunt an und fragte

»Mehr hast du nicht zu sagen? Was ist los? Du benimmst dich, als sei ich ein Geist.« Adam nahm all seinen Mut zusammen. »Entschuldige, du hast ja recht. Bitte höre mir zu. Ich habe alles getan, was du verlangt hast, alles!" Emiliana hob keck eine Braue, hörte ihm aber weiter zu. Nun erzählte er ihr, was alles passiert war und endete mit den Worten »Alles, was für mich zählt, bist du…«.

Ein Lächeln huschte über ihr Gesicht. »Adam Malkier! Du wurdest vernünftig! Sieh an, sieh an!«
Adam wusste nicht so recht, wie er Ihre Worte deuten sollte, doch Emiliana kam schon auf ihn zu und küsste ihn lang und innig. Seine Hände wollten sie nie mehr loslassen. »Soll das heißen… Bedeutet das, dass du dich entschieden hast? Das wir….« Adam wusste nicht mehr, was er sagen wollte. »Ja, du Dummkopf! Jaaa!«, sagte sie noch einmal mit Nachdruck. »Doch solltest du auch nur jemals eine andere Frau allzu freimütig anschauen, wird es dir übel ergehen!«, drohte Emiliana ernst. Adam war erleichtert. Nun hatte er sie für sich gewonnen, endlich!

Aber er musste auch sein Erbe antreten. Er hatte es seiner Mutter versprochen. Emiliana sah, dass ihn etwas bedrückte. »Was ist Adam? Worüber denkst du nach? Bekommst du doch noch kalte Füße?«

»Nein, nein, natürlich nicht, nur muss ich schon bald zum Hof meiner Mutter und das bedeutet, ich werde dich erneut verlassen, obwohl ich das natürlich nicht möchte.« Betrübt schaute er zu Boden.
»Das hört sich nach einem Abenteuer an. So etwas willst du doch nicht ohne mich erleben, oder?«, fragte sie mit einem verschmitzten Lächeln im Gesicht. Adams Miene hellte sich schlagartig auf. »Du würdest wirklich mit mir kommen? Aber es ist sehr weit, auf der Karte steht etwas von dreißig Tagen, wenn ich sie richtig gelesen habe!«
»Was sind schon dreißig Tage?«, fragte Emiliana und ließ ihn mit ihrem Lächeln dahinschmelzen. »Wann geht's los?«, rief sie laut. »Schon morgen früh.«, antwortete er schnell. Emiliana riss die Augen auf. »Obwohl du nicht wusstest, was mit uns ist?« fragte sie skeptisch. »Ich musste alles auf eine Karte setzen. Was blieb mir denn sonst?« Er blickte sie entschuldigend an. »Gut, dann hole mich morgen früh ab!«, sagte sie und ging zum Ufer des Sees. Sie sprang vom Steg in ein dort festgemachtes Boot.
Solange sie denken konnten, lag das Boot schon hier vertäut. Es gehörte dem Fischer Roman und war zwar angeschlossen, doch jeder wusste, wo der Schlüssel versteckt war. Somit nutze es jeder für

tolle Unternehmungen und jeder brachte es zurück und schloss es auch wieder ordentlich an. Roman wusste, dass sein Boot oft als Liebesnest benutzt wurde, aber er scherte sich nicht drum. Er mochte die jungen Leute.

Adam kletterte zu Emiliana ins Boot und sie ruderten ein kleines Stück auf den See hinaus. Die Nacht war sehr ruhig. Es ging kein Wind und kein Laut drang an ihre Ohren. Fast schon unheimlich still war es. Adam legte die Ruder zur Seite und Emiliana lehnte sich an seine Schulter. Sie zitterte, er spürte, wie sie sich verkrampfte.

»Was ist los? Frierst du so?« Ihre Hand drückte seine so fest, das man selbst im Dunkeln ihre weißen Knöchel sehen konnte. »Emiliana! Was ist denn los?«, rief er laut, da es ihm schien, als könne sie ihn nicht hören. Ganz plötzlich schrie sie auf! Ihre Augen wurden groß vor Entsetzen. Dann brach sie kraftlos zusammen.

Adam warf seinen Blick auf das Wasser, als vor ihm eine schwarze Gestalt auftauche. In der Finsternis war sie kaum zu erkennen, doch ahnte Adam, dass die Kreatur sehr groß sein musste, da sie nah bei ihm im tiefsten Wasser stand.

Er duckte sich im letzten Moment, als er etwas aufblitzen sah. Er hörte das Fauchen von einem Schwert, welches mit unmenschlicher Geschwindigkeit dicht über seinen Kopf hinweg fegte. Dann wankte auch schon das Boot, während eine zweite Gestalt am Heck des Bootes an Emiliana zerrte. Instinktiv griff Adam nach dem Ruder und schlug wie von Sinnen auf das schwarze Ding ein, bis es murrend abließ.

Dann durchfuhr es ihn wie ein Blitz. Ein brennender Schmerz breitete sich in seinem Bein aus und er spürte, wie warmes Blut an seiner Wade hinunter rann.

Erschrocken blickte er sich um. Emiliana war noch immer bewusstlos. Als erneut die große Klinge des Schwertes auftauchte und ihn zu köpfen drohte, parierte er mit dem Ruder. Die Wucht warf ihn zu Boden. Wieder schlug die Klinge in das Boot ein, Holz splitterte. »So soll es nun enden?« Adam rollte sich verzweifelt auf die andere Seite und schlug hart an der Bordwand an, als eine große Keule das Heck des Bootes mit einem lauten Krachen zertrümmerte. Wasser drang ein und es sank. Während das Nass ihn überspülte, vernahm er ein helles Surren, das schnell lauter wurde und mit einem dumpfen trockenen Geräusch schlug ein langer Pfeil in die Gestalt ein. Sie wurde nach hinten gerissen und kippte leblos ins Wasser. Im selben Augenblick wurde auch die zweite Kreatur getroffen und lies es von den beiden im sinkenden Boot ab.

Adam verfolgte die Geschehnisse wie im Trance. Er umschlang Emiliana und zerrte sie ins Wasser. Das Boot versank endgültig. Er schwamm mit ihr in Richtung Ufer. Sein Bein blutete stark, doch der unsägliche Schmerz und die Sorge um Emiliana hielten ihn bei Bewusstsein. Beinahe am Ufer angekommen spürte er helfende Arme, die sie beide ans rettende Ufer zogen. Dann wurde alles um ihn herum schwarz.

HILFE IN DER NACHT

Er wird sterben! Sieh ihn dir an! Die Wunde ist schwarz wie die Nacht und hat sich entzündet!«, sagte Tinus, ein Mann mit einem Kreuz so breit wie ein Schrank. Er war etwa dreißig Jahre jung und trug einen schwarzen Bart wie die Nordmänner.
»Nein«, antwortete Sven, »ich sage, wir holen die Heilerin. Sie wird ihm helfen. Du weißt, die beiden sind wichtig!«
»Er wird es nicht schaffen! Was ist mit dem Mädchen? Ist sie verletzt?"«
Sven ging mit seinen kleinen etwas krummen Beinen zu Emiliana und beugte sich über sie. »Sie atmet. Verletzungen sehe ich keine! Hm, ist ein hübsches Kind! Schöne...«.
»Sven, du sollst sie untersuchen und nicht ausziehen!« Sven nahm seine Hände von der Frau. »Pah, alles nur zum Wohle der Anatomie!«
Tinus lachte laut. »Ja ja, aber du weißt doch nicht einmal, was das bedeutet! Nun hilf den beiden und mach Tee!«
Sven wandte sich grimmig zu ihm um. »Bin ich etwa dein Diener? Immer auf die Kleinen...« Den Rest des

Satzes brabbelte er sich dann aber doch nur noch in seinen Bart und machte sich mürrisch daran, ein Feuer zu entzünden.

Adam schlug die Augen auf. Ihm war, als verbrenne alles in ihm und er bekam nur ein leises Wimmern über die Lippen. Schweiß rann ihm in die Augen und trübte zusätzlich seinen Blick. »Bitte helft, helft doch...« Sein Blick suchte Emiliana, doch er konnte sie nicht sehen. Tinus kam auf ihn zu. »Ihr hattet Glück, wenn auch wenig. Du wurdest von einem Dangan verletzt, deren Gift bringt dir den Tod. Mach deinen Frieden mit der Welt.«

»Ich sage, hole die Heilerin! Die kann ihm helfen, ich weiß es genau!«, rief Sven laut über den Platz, während er die Kräuter in das aufkochende Wasser im Topf tunkte. Ein würziger Duft durchzog die Luft. Tinus gab nach und ging mit langen Schritten ins Dunkle. »Gut, ich gehe, wenn es dich beruhigt. Ihre schlechte Laune aber musst auch du dann erdulden, Sven!«

Nur wenige Augenblicke später trat er mit einer Frau zurück ans Feuer. Sie trug nichts weiter als eine schwarze Robe und einen großen Ring in der Form eines Greifs. Wenn Reizbarkeit ein eigenes Gesicht hätte, dann glich es sicher dem ihren.

»Woher wagt Ihr es, mich zu stören? «, murrte sie und sah in die Runde. »Der Junge dort am Feuer.. Er

ist wichtig! Er hat einen tiefen Schnitt am Bein und das ist schon ganz schwarz. Es sieht gar nicht gut aus. Bitte hilf ihm!«, stotterte Sven.
Die Heilerin Almina ging zu Adam und berührte ihn. Sie spürte seinen Schmerz, seine Verletzungen und auch das Gift. Es fügte selbst ihr unsagbare Qualen zu. Almina griff in die Tasche ihrer Robe und holte die Steine heraus, die sie von ihren Eltern bekommen hatte. Diese Steine wurden seit vielen Generationen in ihrer Familie weitervererbt. Sie waren schwarz und glatt, nicht poliert, lagen wie dafür gemacht in ihrer Hand und strömten spürbar eine Art Energie aus. Sie legte die Steine behutsam auf Adams Verletzung. Keuchend versuchte er sich aufzurichten, fiel jedoch sogleich bewusstlos zurück in den Sand. Sein Atem ging nun regelmäßig.
Die Heilerin richtete sich schwerfällig auf. Viel Kraft hatte sie aufbringen müssen und einen kurzen Moment musste sie sogar innehalten.
»Wird er es überleben?« fragte Sven vorsichtig.
»Ich weiß es nicht. Das Gift ist sehr stark und weit in ihn eingedrungen. Ich habe seinen Tod vielleicht hinausgezögert, doch meine Kraft reicht möglicherweise nicht aus. Ihr könnt jetzt nur hoffen.«
Sven schaute sie besorgt an. Dann beugte sich wieder zu Emiliana, die noch immer reglos auf dem

Boden lag. Er deckte sie zu, hob sanft ihren Kopf an und versuchte, ihr etwas von dem heilenden Tee einzuflößen. Laut hustend schlug sie die Augen auf, blickte erstaunt um sich und wusste im ersten Moment nicht, wo sie waren. Dann rief sie erschrocken: »Adam!!! Wo ist Adam?« Sven drückte sie sanft zu Boden. »Dem geht es gut. Er schläft. Trink das!« und reichte ihr den Tee. Emiliana schaute ihn ungläubig an, setzte dann aber doch den Becher an den Mund und genoss die wohlige Wärme des Trunks.
»Was ist geschehen? Wer seid ihr? Was waren das für Bestien?«
»Für jemanden, der vor kurzem noch ohne Bewusstsein war, sind das ziemlich viele Fragen, finde ich.«, meinte Tinus. Dabei goss er sich einen großen Schluck Wein in seinen Becher, den er dann auch in einem Zug leerte.
Almina setzte sich zu Tinus. »Gebt mir auch Wein, wenn ihr mich schon weckt.« Sie riss ihm den Krug aus der Hand und füllte ihren Becher. Dabei rief sie Sven zu: »Erkläre du es dem Mädchen. Ich bin zu müde und erschöpft.«
Sven versteifte sich und brummte für sich: »Dafür bin ich gut genug. Sage ich etwas Falsches, wird's mir wieder übel ergehen. Die Schachtel nervt und trinkt nun auch noch den guten Wein ohne mich!

Besser kann Abend wohl kaum werden...« Noch weitere Sätze brabbelte er vor sich hin, die jedoch niemand verstand.

Emiliana war inzwischen zu Adam gekrochen und weinte leise, da er überhaupt nicht auf sie reagierte. Sven setzte sich zu ihr und warf einige Stücke Holz ins Feuer, so dass sie Funken stoben. Dann schaute er Emiliana an. »Ihr beide seid heute Wesen begegnet, die nicht von dieser Welt sind. Es sind Geschöpfe der Nacht. Wir wissen nicht, woher sie kommen, doch sie sind abgrundtiefböse und kennen nur ein Ziel: Sie wollen alles vernichten! Die zwei, die euch angegriffen haben, suchten wir schon eine ganze Weile. Vor wenigen Tagen haben sie unser Dorf überfallen. Sie haben alles und jeden getötet und sogar gefressen. Wir trieben sie hierher zum See, und ... naja, wir konnten es nicht wissen, aber ihr wart nun mal auch da.«

Emiliana hörte ihm mit großen Augen zu, lies dabei eine Hand auf Adam ruhen. Sein Brustkorb hob und senkte sich gleichmäßig, seine Augen flatterten gelegentlich.

»Was ist mit Adam?« fragte sie besorgt und die Tränen rannen ihr erneut durchs Gesicht.

»Ein Schwert hat ihn getroffen. Es war mit Gift versetzt, welches seine Wirkung auch dann noch tut, wenn das Opfer nicht sofort tot umfällt. Dieses Gift lässt den Unglücksvogel dann auch noch zu ihrem Gefährten werden und so wird es wohl auch deinem Freund ergehen. Wir kennen zwar Ärzte, die bereit an einem Gegengift arbeiten, doch bisher erfolglos. Noch haben wir kein Heilmittel.«

Emilianas Verzweiflung wuchs und sie konnte Adam durch den Tränenschleier kaum noch erkennen.

»Unsere Heilerin hier, Almina hat getan, was sie konnte, um dem Jungen zu helfen, doch auch ihre Kräfte sind begrenzt. Nur Magie mag ihn noch retten. Wir müssen warten. Versucht zu schlafen.«

Mit diesen Worten ging Sven zu Tinus und Almina und sie sprachen leise für sich.

Völlig erschöpft nickte Emiliana schon bald neben Adam ein und als kurz darauf alles am Feuer schlief, während Sven „Wache" hielt und dabei ein leichtes Schnarchen von sich gab, nahm niemand wahr, das neben ihm eine verschwommene Gestalt auftauchte. Sie schien die Konsistenz von Nebelschwaden zu haben, verfestigte sich jedoch hin und wieder. Eine zweite Form tauchte auf und beide bewegten sich auf Emiliana und Adam zu. Das kleinere von beiden Wesen hob einen silbrigen Stab und hielt ihn über Adam. Feine leuchtende Linien trafen ihn wie ein Regenschauer und drangen lautlos in ihn ein. Als das Leuchten erlosch, standen beide bei Emiliana, berührten sie sanft und zeichneten ein Symbol auf

ihren Arm. Kurz darauf waren sie auch wieder verschwunden.
»Was ist geschehen? Wo bin ich? Emiliana!!!« Adam riss die Augen auf und schon stand er auf den Beinen. Erschrocken von seinem Rufen wurde sie wach, erhob sich und blickte ihn erstaunt an.
»Du lebst!« Sie fiel in seine Arme und küsste ihn.
»Weshalb sollte ich auch nicht leben? Schau, mir geht es gut! Wie kommen wir hierher? Bin ich etwa verletzt oder warum sonst trage ich diesen Verband?« Emiliana schaute ihn zärtlich an. »Die Bestien, weißt du nicht mehr? Sven und Tinus haben uns gerettet.«
Adam hielt inne, jetzt erinnerte er sich. Augenblicklich riss den Verband ab und staunte. »Es ist tut nicht mehr weh, alles ist weg und zu sehen ist nicht einmal eine Narbe!«
Emiliana stutzte. Wie konnte das sein? Erst jetzt stellte sie fest, dass sie alleine waren. Wo waren die anderen? Auch ihre Spuren waren nirgends zu sehen und die Überreste der Bestien waren ebenfalls verschwunden. Was war hier nur los?

UNDINE

»Aha! Ich hab es doch geahnt! Da hat er schon wieder die Nächste!«

Wütend stapfte Undine zu dem noch schwelenden Feuer. »Ich wusste es! Wieder einmal hast du dich einer anderen zugewandt. Dabei warst du mein!«

Adam sah verwirrt zu Undine und verzog das Gesicht. Was wollte sie nur? Und was tat sie überhaupt nur hier? »Undine! Hör mir zu! Du musst wissen...«

»Nichts muss ich wissen!« unterbrach sie ihn barsch. »Ich weiß auch so genug. Spare dir deine Lügen! Und DU!« Sie zeigte mit dem Finger auf Emiliana, »Du nimmst ihn mir nicht weg, dafür sorge ich!«

Im nächsten Augenblick zog Undine ein Messer und hielt es bedrohlich vor Adams Gesicht. »Fessle sie! Und dann komm zu mir!«, keifte sie. »Undine, so hör doch zu! Du irrst dich, wenn du...« Undine fuchtelte wie wild mit dem Messer und sah Adam grimmig an. »Ich soll mich irren? Nein, das tue ich ganz gewiss nicht. Ich sehe doch, was du hier treibst - mit DER da!« Verächtlich zeigte sie auf Emiliana. »Doch diese Geschichte hat jetzt ein Ende! Dass du mich nicht wolltest, wird deinen Tod bedeuten! Los! Geh schon,

nimm deine Dirne und dann ab zum alten Müllerhof! Dort wird euch niemand finden!«
»Undine, warum denn nur? Was haben wir dir getan?«, fragte Emiliana unter Tränen und voller Angst.
»Frag ihn! Und nun geht!«
Sie stolperten wortlos in Richtung Wald.
»Bitte lass uns rasten Undine«, sagte Adam. »Wir sind den ganzen Tag gelaufen.« Undine schaute ihn mit ungerührtem Blick an. »Du willst eine Pause? Bitte! Komm her und ich gewähre dir eine Pause!«, sagte sie kalt und deutete auf das Messer. »Dann sollst du eben gleich hier von deiner Liebsten verscharrt werden.« Mühsam gingen Adam und Emiliana aneinander gekettet weiter. Von ihren Händen rann bereits rot das Blut, da die engen Fesseln tief ins Fleisch schnitten.
Nach etwa zwei Stunden lies Undine an einem Bach rasten. Der Tag neigte sich bereits dem Ende, Hunger und Durst machten ihnen zu schaffen. Gierig trank Emiliana das Wasser, welches Adam ihr reichte. Dann lösche er auch seinen Durst und kühlte ihre Wunden unter der Fessel mit dem Nass.
»Oh, wie fürsorglich! Ich könnte kotzen.«, spottete Undine. »Los, baue ein Lager auf! Wir bleiben bis morgen hier.« Adam erhob sich. Undine band Emiliana an den nächsten Baum.

»Warum tust du das?«, krächzte Adam. »Deine Eltern hätten doch ohnehin niemals zugestimmt, dass wir zusammen sind. Du warst versprochen und ich wollte deinem Ruf nicht schaden.«

Wütend warf sie das Stück Holz weg, welches Sie eben noch in den Händen hielt und sah ihn an. »Du fragst, was ich hier mache? Ich räche mich! Die Kunde von deinen unschicklichen Absichten lies das Eheversprechen platzen. Meine zukünftigen Schwiegereltern haben erfahren, was passiert war und haben mich am Tag der Trauung aus dem Haus geworfen. Was für eine Schmach! Du wirst bluten dafür, dass du mein Leben ruiniert hast!«

Adam schaute Undine traurig an. »Ich habe deine Ehre niemals beschmutzt und du weißt es. Ich habe alles beendet, wie es deine Eltern verlangten. Bitte, Undine! So viele Monde sind seitdem vergangen. Allerhand hat sich verändert! Hier geht es nicht mehr nur um uns. Bestien treiben ihr Unwesen, die alles und jeden töten. Das Leben vieler Menschen ist in Gefahr! Auch Emiliana und ich wurden gestern Nacht angegriffen. Wir müssen die Dorfbewohner warnen! Bitte lass ab von deiner Rache!«

»Kein Erbarmen werde ich mit euch haben und deinen Lügen nie mehr Glauben schenken! Pff, Bestien, dass ich nicht lache! Eure Kindermärchen erschrecken mich nicht! Was du hier versuchst ist ziemlich erbärmlich, mein lieber Adam. Du willst doch nur...«.

In diesem Moment legte sich eine dreckverkrustete zerlumpte Hand auf Undines Mund und sie riss die Augen vor Entsetzen weit auf! Jäh wurde sie nach hinten gezerrt und schon lag sie ohne Bewusstsein und mit einer Hand zu Boden gedrückt im Gras. Mit der anderen Hand gestikulierte die in dunkle Kleidung gehüllte Gestalt Adam und Emiliana still zu sein.

Unmittelbar hinter ihnen knackten Äste und Zweige. Sie konnten das Knarzen von Leder und Klirren von Metall hören, dann Schritte und Geräusche, die wir ein Grunzen klangen. Es wehte ein Gestank herüber, der ihnen das bisschen Abendessen vom Vortag zum Halse trieb. Aus der Finsternis tauchten drei Bestien auf, die Silhouette der eines Menschen nicht unähnlich, die Schultern und Arme jedoch überdimensional groß und wo die Köpfe sein sollten, erkannten sie nur undeutliche Schemen unter einer großen Kapuze. Es war, als schaute man in ein tiefschwarzes Loch, nur je zwei Augen blitzten schwach im Dunkeln. Noch niemals hatte Adam solch Ungeheuer gesehen. Selbst die Monster aus den Büchern mit den Gruselgeschichten hatten ihm keine so große Furcht eingeflößt wie nun diese Bestien.

Doch die Dämonen entfernten sich und Adam war froh, dass sie kein Feuer entzündet hatten, denn sonst wären sie vermutlich jetzt alle tot. Und wo war der geheimnisvolle Retter? Keine Spur war mehr von ihm zu sehen.

Undine, die benommen zu sich kam, sah alles mit Entsetzten und rührte sich nicht. Vor Adam auf dem Boden lag das Messer und während Undine nur den Bestien hinterher blicken konnte, schob Adam es sich unbemerkt in den Hosenbund. »Wie du siehst, muss deine Vergeltung ein Ende finden! Wir müssen zusammenhalten. Glaubst du mir nun, dass wir alle in Gefahr sind?«, fragte er. Undine zögerte und schaute in die Richtung, in der die Monster verschwunden waren und griff zum Messer. Es war weg!

»Ich verstehe nicht... Was war das?«, stammelte sie.

»Genau wissen wir es nicht. In jedem Fall aber wir müssen die Leute im Dorf warnen, Undine! Diese Sache ist wichtiger als unsere Probleme!«

Undine sackte zu Boden und blickte beide beschämt an. »Du hast recht, Adam. Mein Hass auf dich ist groß, ich sann nur auf Rache und ließ mich hinreißen.«

Sie banden Emiliana los und bereiteten sich gemeinsam auf eine lange Nacht vor. Ein Feuer würde sie zwar wärmen, aber aus Angst, doch noch entdeckt zu werden, verzichteten sie darauf und es sollte bis zum nächsten Morgen dann auch zu keinen weiteren Überraschungen kommen.

Fröstelnd und hungrig wachte Emiliana auf. Die Luft war noch sehr kalt und überall lag Tau auf den Blättern. Leise regten sich nun auch Undine und Adam. Verschlafen schauten sie sich um, standen auf und richtete ihre Kleider.

»Wir müssen so schnell es geht zurück ins Dorf und die Leute warnen!«, rief Emiliana. Adam nickte. »Sie hat recht, wir müssen uns beeilen.« Und so gingen die drei, anfangs noch ganz steif von der Nacht auf dem kalten Waldboden, zügig in Richtung Dorf.

Doch sie kamen zu spät. Die Sonne stand schon hoch am Horizont, als sie die ersten Häuser erblickten. Rauch stand über dem Ort.

Undine blickte entsetzt in die Richtung, in der ihr Zuhause war und rannte los.

Im Dorf herrschte Chaos. Es roch nach Feuer und verbranntem Fleisch, überall lagen verstümmelte Menschen herum. Einige Häuser brannten lichterloh, viele schwelten nur noch vor sich hin, sobald das Feuer dort keine Nahrung mehr fand. Adam hörte Undine rufen: »Vater! Dem Himmel sei Dank, du lebst! Was ist hier los? Was ist geschehen?«

Mit geröteten Augen blickte Undines Vater die drei an. Mit Tränen in den Augen erzählte er, was passiert war. Seine vom Rauch verzerrte Stimme war kaum zu verstehen.
»Vergangene Nacht kam eine Horde Dämonen in unser Dorf. Sie töteten jeden, der sich ihnen in den Weg stellte. Einige haben sie mitgenommen und dann das Feuer gelegt. Nur mit Mühe konnten wir uns versteckt halten und seit sie fort sind, versuchen wir die Brände zu löschen. Doch es ist aussichtslos. Das Dorf ist verloren.« Erschöpft wischte er sich mit dem Ärmel über das rußverschmierte Gesicht.
»Wo wart ihr überhaupt?«, fragte er nun. »Und was macht der Bengel hier? Was hast du wieder mit ihm zu schaffen?« Undine begann verlegen ihm zu erzählen, was passiert war.
»Ihr lebt, nur das zählt! Kommt! Im Wirtshaus versammeln sich die Leute, die überlebt haben. Dort reden wir weiter.«
Adam erkannte das Dorf nicht wieder. Die Straßen waren vollständig mit Asche und Unrat bedeckt. Grauer Rauch zog in Schwaden durch die Gasse und machte das Atmen schwer. Die Türen der Häuser waren buchstäblich mitsamt den Rahmen herausgerissen worden. Überall war Blut. Alles war wie in einem bösen Traum. Emiliana drückte Adams

Hand und die Tränen rannen ihr durch das Gesicht. Sie sprach kein Wort.

Das Wirtshaus war bis auf den letzten Stuhl besetzt, doch nicht so laut wie sonst. Keine Musik, kein Klappern der Würfel, kein freudiges Gebrüll über ein gewonnenes Kartenspiel. Es wurde gedämpft geredet. Viele starrten in düstere Gedanken versunken zu Boden und nur wenige drehten sich zur Tür, als die drei eintraten.

»Meine Kind!« Emilianas Mutter sprang auf und klammerte sich schluchzend an ihre Tochter. Der Vater streichelte sanft ihr Haar. Adam schaute sich um. »Das sind alle? Mehr Leute haben es nicht geschafft?«

Am Tresen stand Marie mit verweinten Augen, sie trug einen Verband am linken Arm und ihre Kleidung war übersät mit Brandlöchern. Erschöpft sah sie Adam an und nickte auch Emiliana kurz zu. Er ging zu ihr. »Du siehst schlimm aus!« »Ich hatte Glück. Sie kamen hier herein gestürmt, gerade als mein Vater die Schankstube schließen wollte. Er dachte wohl, es wären wieder irgendwelche betrunkenen Bauern und wollte sich zur Wehr setzten. Sie zogen ihn auf die Straße und schlachteten ihn ab wie ein Stück Vieh. Mutter lief nach draußen um zu helfen... Niemand konnte es verhindern.«, wimmerte sie verzweifelt. Das Reden fiel ihr schwer. »Niemand hat zuvor so etwas gesehen. Es wurde taghell im Dorf aufgrund der vielen Feuer und einen Dämon konnten unsere Männer töten. Zu siebt gingen sie mit Äxten und Sensen darauf los und hackten die Bestie in Stücke. Nur zwei von ihnen überlebten den Angriff, nur zwei!«

»Wir sind ebenfalls einer kleine Gruppe solch grausiger Wesen begegnet, konnten uns aber gerade noch rechtzeitig verstecken. In aller Frühe brachen wir dann zum Dorf auf, um euch zu warnen. Demnach ist es wahrscheinlich, dass noch viel mehr von diesem Schattengezücht hier umherstreift.«

Emiliana stand nun an Adams Seite und stützte sich schwer auf ihn. Sie war blass und sah sehr schwach aus. Marie hielt ihr einen Becher mit Wein hin. »Trink!« Emiliana nahm dankend den Becher entgegen. »Setzt euch, ich hole, was vom Essen übrig ist. Setzt euch!« Marie verschwand in der Küche und kam schon wenige Augenblicke später mit Brot, Speck und einem großen Krug zurück.

Schweigend aßen die drei Gefährten das kleine Mahl. Emiliana sah Adam an. Er kaute in Gedanken versunken an seinem Brot. »Was tun wir nun, Adam?« Der wischte mit der Hand die Krümel vom Tisch. »Ich weiß nicht recht. Ich denke, ich werde das Erbe meiner Mutter antreten. Komm mit auf mein Zimmer, ich zeige dir alles.« Undine räusperte sich kurz. »Ich werde mit meinen Eltern gehen und nachsehen, was zu retten bleibt." Adam nickte, bedankte sich mit einem kurzen Nicken bei Marie und sie gingen die ausgetretene Holztreppe hinan zum Zimmer.

Der Dielenboden knarrte bei jedem Schritt. Hier oben aber war von all dem Chaos nichts zu sehen, nur der fade Geruch von verbranntem Holz hing in der Luft. Sein Zimmer war unversehrt und lag vor ihnen, wie er es verlassen hatte. Adam ging zu seinem Versteck und holte all die Dinge hervor, die er hier deponiert hatte. Die Lederbörse warf er Emiliana in die ausgestreckten Arme. »Schau hinein!«

Geld fiel ihr entgegen, Besitzurkunden und Wertpapiere fest zusammengehalten mit aufwendigen Siegeln. Emiliana staunte. Mit dem Finger fuhr sie durch all die Schriftstücke und blickte Adam ungläubig an. »All das gehört dir?«

»Meine Mutter gab es mir, als ich vor Vater flüchtete. Schau! Hier ist auch eine Karte.« Adam breitete das Pergament vorsichtig aus und sie beide beugten sich darüber. Emiliana verfolgte, wie er mit dem Finger die Route zum Hof entlangfuhr.

»Adam, ich kenne mich ein wenig in der Gegend aus, doch diesen Ort«, sie zeigte auf eingezeichneten Hof, »diesen Ort kenne ich nicht. Und dreißig Tage, sagst du? Nein, Adam, niemals.« Sie tippte erneut auf einen Punkt auf der Karte. »Bis hierher etwa sind es dreißig Tage. Dein Ziel liegt viel weiter entfernt. Ich denke eher, dass du es mit einem Wagen und guten Pferden in etwa drei bis vier Monaten erreichen könntest! Solch eine Karte habe ich schon ewig nicht mehr gesehen. Meine Eltern hatten früher viele Karten und meine Urgroßmutter erzählte uns viel von Orten, die sehr weit weg waren. Alle wollte ich besuchen. Doch als meine Eltern starben, kam ich niemals von hier fort. Die Karten aber habe ich nie vergessen. Daher glaube ich, Adam, dass unser Weg sehr lang wird.«

Er schaute sie an. »Bedeutet das, du kommst mit mir? Was hält uns auch hier? Die Leute werden vor Angst in die Städte flüchten. Kaum jemand hier wird in der Lage sein, unser Dorf neu aufzubauen und selbst wenn doch, dann wird es sehr lange dauern.« Er packte alles wieder zusammen und tat ein wenig von dem Geld in einen separaten kleinen Lederbeutel. Dann sah er Emiliana an. »Was sagst du?«

»Mein ganzes Leben habe ich hier verbracht und nichts habe ich gesehen von der Welt. Ich komme mit dir! Vorher müssen wir aber noch zu meinem Hof, ich habe Pferde und einen Wagen. Außerdem

muss ich sehen, was noch da ist.« Adam zögerte nicht, ging auf sie zu und küsste sie. »Dann komm!«
Unten in der Schankstube war es nun lauter geworden. Der Rat, oder zumindest diejenigen, die davon noch am Leben waren berieten, was weiter geschehen sollte. »Wir gehen in die Stadt! Hier gibt es nichts mehr für uns. Den Winter werden wir so nicht überstehen.«, rief einer. Ein anderer hingegen forderte: »Wenn wir zusammenhalten und alle mit anpacken, schaffen wir das!«
Undine kam mit ihren Eltern auf die beiden zu. »So diskutieren sie nun schon seit einer halbe Stunde und können sich nicht einigen.« Adam drehte sich zu Undine. »Hier, nimm dies.« Er gab ihr den mit Talern gefüllten Lederbeutel. Hinter dem Stall steht mein Wagen. Fahre mit deinen Eltern in die Stadt.« Undine schaute ihn ungläubig an. »Das kann ich nicht annehmen.« »Wieso denn nicht? Undine, bitte schau dich doch um!«
»Mein Vater ist zu stolz, um sich von dir helfen zu lassen!« Adam lächelte schief »Dann sag ihm doch nicht, dass es von mir ist.« Undine nickte dankbar, verabschiedete sich und drehte sich dann aber noch einmal zu Adam und zwinkerte ihm zu. »Bevor ich's vergesse, das Messer kannst du behalten. Du wirst es sicher brauchen.« Dann ging sie mit ihren Eltern zur Tür und verließ das Wirtshaus.

DER MAGISCHE EID

Der Tag war schon fast wieder vorbei, als das Paar an die alte Dorfschmiede kam. Deren Dach neigte sich zur Seite und die hohe Esse der Schmiede ragte ebenso schief nach oben. Einige Steine hatten sich gelöst und das Mauerwerk war von langen Rissen durchzogen. Was über viele Generationen hinweg erschaffen und genutzt wurde, war in kürzester Zeit von den Dämonen vollkommen zerstört worden. Trotz dessen, dass Emilianas Hof eher abseits des Dorfes lag, war auch hier die Horde eingedrungen. Ihre großen Fußspuren waren noch deutlich zu erkennen. Ein Bild der Zerstörung zeichnete den ganzen Weg.
Emiliana eilte ins Gebäude, die Tür stand offen, das Glas im Fenster war gesprungen. Alles war umgeworfen, die Einrichtung zerstört und selbst der Fußboden großflächig herausgerissen. Was war hier passiert? Es sah aus, als hätte jemand etwas gesucht. Sie ging weiter durch das Haus, durch den kleinen Gang, der das Heim nur mit einer kleinen Holztür vom Stall trennte. Blutgeruch stieg ihr in die Nase und als sie die Tür öffnete, sah sie, dass das gesamte Vieh getötet wurde. Sie eilte zur Leiter, die zum

Heuboden führte und kletterte so schnell sie konnte hinauf. Adam hatte Mühe, ihr zu folgen. Hinter dem aufgetürmten Heu war eine Bretterwand zu erkennen, die man, wenn man von ihrem Vorhandensein nichts ahnte, leicht völlig übersehen konnte. Emiliana schob eine Art Klappe zur Seite und schlüpfte in den kleinen Raum dahinter.

»Komm!«, rief sie Adam. „Komm und sieh dir das an! Hier habe ich mich als Kind immer versteckt, hier in meinem „eigenen Reich". Mein Vater hat es für mich gebaut und auch die Möbel hat er selbst gemacht.«

Der Raum war nicht sehr groß. Nur wenige Schritte in jede Richtung und man stieß sich den Kopf an den Deckenbalken an. Die aus einfachen Holzbrettern bestehenden Wände waren zugeklebt mit Karten und Bildern aus fernen Ländern. Adam hatte so etwas noch nie gesehen.

Er drehte sich zu Emiliana, die sich gerade bückte, aus dem Fußboden flink zwei Bretter löste und eine braun polierte Kiste ans Tageslicht zog. Diese stellte sie behutsam auf den viel zu kleinen Tisch und öffnete vorsichtig den Deckel.

Die Kiste enthielt allerhand Spielzeug, eine Puppe, die kaum mehr ein Gesicht hatte, so sehr war die Farbe verblasst, mit der sie angemalt wurde sowie einige Karten. Emiliana zog eines der Dokumente vorsichtig aus einer Ledermappe und deutete auf einen kleinen Fleck. »Schau, das ist unser Dorf und wenn ich deine Karte zum Vergleich nehme, müsste der Ort, den wir suchen, ungefähr hier sein.« Sie fuhr mit dem Finger weit über die Karte an den rechten Rand. Hier fand sie auch das Siegel, das ihr bekannt vorkam. Adam kramte sein Dokument heraus und ja! Beide Siegel waren identisch. Sie schauten sich beide an. »Adam, diese Karte hier stammt von meiner Urgroßmutter und so alt wie diese Karte ist, kann das wohl kein Zufall sein, dass beide dasselbe Siegel tragen. Dieses Siegel war ebenfalls deutlich auf den Einband eines Buches geprägt, das sich im Besitz meiner Urgroßmutter befand. Sie trug es immer bei sich, legte es nie aus den Händen. Einmal als ich hineinschauen wollte, hat sie mich ausgiebig den Stock spüren lassen. Nur ganz kurz konnte ich einen Blick erhaschen, doch die Zeichen in dem Buch waren mir fremd. Nur das Siegel war dasselbe wie auf dieser Karte.«

Emiliana nahm diverse Dinge aus der Kiste, unter anderem auch ein kleines Buch, dessen Ledereinband glänzte, wie man es von den kleinen Gebetsbüchern aus der Kirche kannte. Die Kanten und der Buchrücken waren schon sehr abgegriffen, da es scheinbar sehr oft in die Hand genommen worden war, doch es hielt alles noch irgendwie zusammen. Das Papier war merkwürdig dick und rau, die Seiten mit Fasern durchzogen, die in vielen Farben schimmerten. Das verlieh dem Papier eine gewisse Festigkeit, um die Zeiten zu überdauern. Auf dem Buchdeckel war deutlich das aufwendig verzierte Siegel zu erkennen. Das Buch war in einer für sie unbekannten Sprache geschrieben.

[unleserliche Schrift in unbekannter Sprache]

Dort stand etwas von Heilung, Feuerglut oder Reiseportal. Dieses Buch übte eine unheimliche Anziehungskraft auf Adam aus, die er sich nicht erklären konnte und er vertiefte sich in die Lektüre.

Je länger er auf die Seiten schaute, umso klarer konnte er sie deuten. Wie von Zauberhand formten sich die Buchstaben und Symbole in für ihn lesbare Sätze!

**»Nur die, die wahrhaft fähig sind, können diese Zeilen lesen und aus dem Geschriebenen lernen. Niemals sollst du mit diesem Buch jemandem Leid zufügen oder es zu deinem persönlichen Vorteil benutzen!
Eine Verteidigung von Leib und Leben sei dir gestattet, doch niemals sollst du hiermit töten!«**

»Wieso kannst du die Worte lesen und woher diese Sprache sprechen?«, fragte Emiliana aufgeregt.
»Welche Sprache? Ich habe doch gar nichts gesagt?« Verwundert blickte er Emiliana an. Dann schaute er wieder ins Buch und alles stand dort in für ihn lesbarer Schrift. Unbekannte Symbole gewahrte er keine mehr.

Kurz erklärte er Emiliana, was mit ihm geschah, nahm das Buch erneut in die Hände, schaute auf die erste Seite und sprach:

»Dies ist der Eid, den das Buch verlangt. Nur für das Gute werde ich das Wissen verwenden und niemandem Schaden zufügen. Ich schwöre im Namen meiner Familie Malkier!«

Aus dem Buch kam ein Leuchten, nein, eher ein Glühen. Dieses Glühen löste sich von jedem einzelnen Buchstaben und floss auf seine Unterarme zu. Dort versammelten sich die Zeichen und aus all den Symbolen entstand ein Siegel, genau wie es auf dem Buchdeckel und den Karten zu sehen war. Der Geruch von verbrannter Haut erfüllte den Raum. Adam ließ das Buch fallen, atmete schwer aus. Der Schmerz nahm ihm die Luft. Auf seinem Arm bis hin zum Handrücken erstreckte sich nun ein metallisch glänzender Aufdruck mit Fahnen. Er hob den Folianten wieder auf und fühlte eine neue Verbundenheit mit dem Buch.

Emiliana starrte ihn wortlos an. Langsam ging sie auf Adam zu und berührte vorsichtig seinen Arm, um sich die Verletzung anzuschauen. Sofort durchfuhr es sie wie ein Blitz!

Emiliana keuchte auf, ihre Augen traten aus den Höhlen! Etwas in ihr hatte sich gerührt, etwas war dort, das sie vorher nie wahrgenommen hatte. Das

Siegel auf Adams Arm glühte sachte auf und Emiliana fühlte eine Verbundenheit mit Adam, stärker als sie es je war. Sie konnte sogar spüren, in welchem Zustand er war und Emiliana erkannte den Schmerz, den Adam erlitt, wie auch die Angst, die ihn erfasst hatte. Beinahe sah sie die Welt mit seinen Augen. Erschrocken ließ sie Adam los und das Leuchten verschwand.

»Ja, ich weiß, du musst nichts sagen.«, flüsterte Adam. »Ich konnte es ebenso spüren! Etwas hat uns miteinander verknüpft.« Er schaute ungläubig in das Buch. Wieder änderten die Runen ihre Position und verwandelten sich zu einem neuen Text:

»Lerne die Magie in dir zu nutzen. Sie wird dir dabei helfen, deinen Weg zu bestreiten und mithilfe deines Behüters wirst du die Macht erlangen, um dem Bösen entgegenzutreten. Doch gib acht! Nur mit dem Behüter kannst du Magie lernen und beherrschen. Mit jedem Abschnitt deiner Ausbildung, den ihr erfolgreich beendet, erschließt sich ein neuer Teil des Buches!«

Emiliana blickte auf und sprach: »Das war also der Grund, weshalb sie mein Haus so verwüstet haben. Dieses Buch haben sie gesucht! Es muss eine Art Beschwörung für dunkle Mächte sein.«

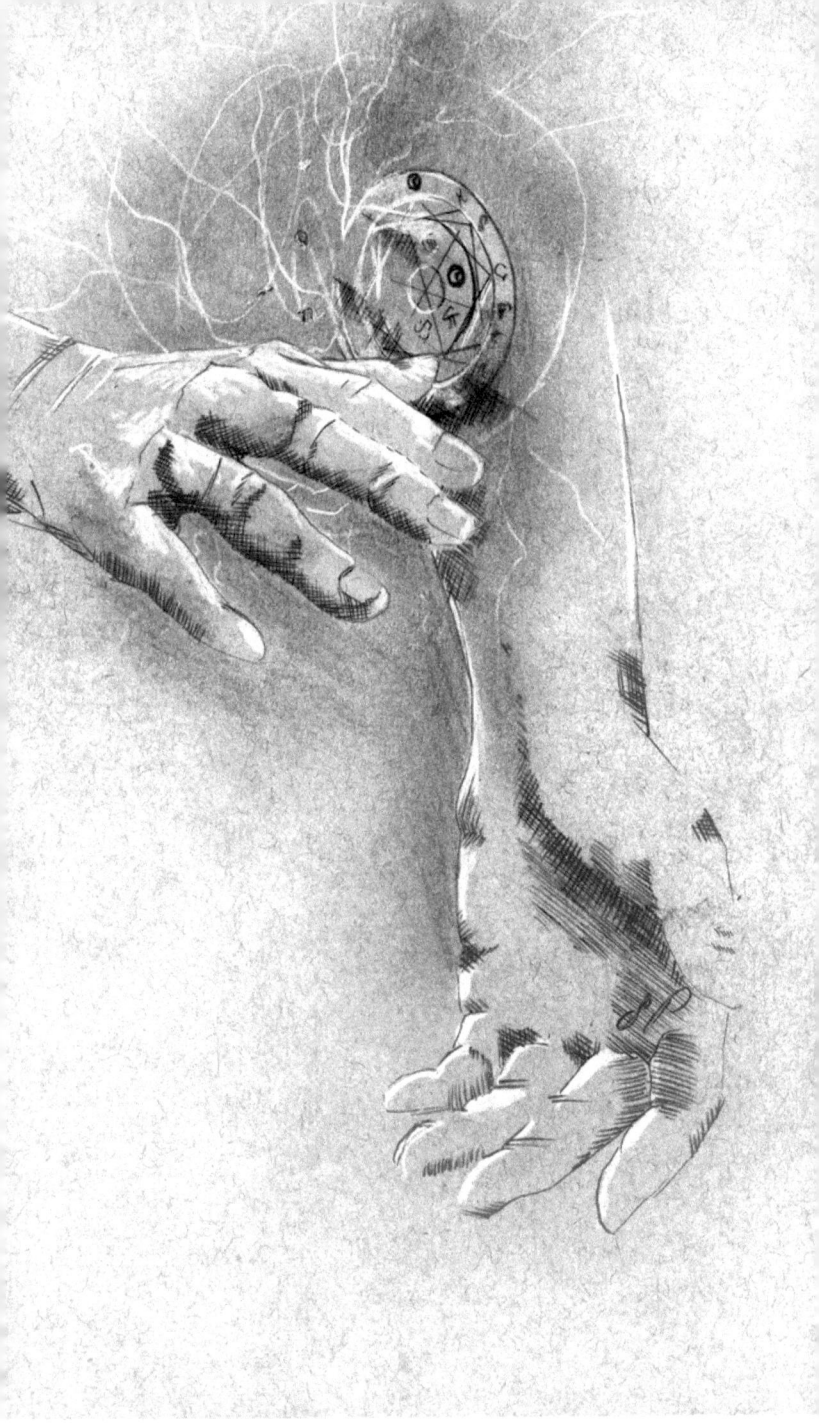

»Ist es nicht!«, entgegnete Adam schroffer als beabsichtigt. »Ist es nicht, Emiliana. Es ist eine Quelle zur Magie, das weiß ich jetzt. Es ist eine Anleitung, die alten Kräfte und Energien einzusetzen, wie sie einst vor tausenden Jahren gang und gäbe waren.«

AUF NEUEN PFADEN

Schweigend räumte Adam alles zusammen und verstaute es sicher in seiner Tasche. Emiliana zwängte sich derweil durch die kleine Tür und packte ein, was sie für ihre Reise benötigten.

Es war ihr Glück, dass der Wagen noch intakt war und die Pferde auf der Koppel grasten. Eilig beluden sie das Gefährt, mit gekonntem Griff spannte Emiliana die Pferde ein und schon kurze Zeit später sahen sie nur noch ein letztes Mal zurück, während sie gemeinsam vom Hof fuhren.

Die Sonne versank am Horizont und Adam trieb die Pferde unbarmherzig an, damit sie noch vor Anbruch der Nacht das Wirtshaus erreichten.

Als sie ankamen, brannte noch Licht in der Gaststube. Adam spannte die Pferde aus und brachte sie zum Stall. Er warf dem Stallburschen, der die Pferde in seine Obhut nahm, einen Taler zu und rief: »Sorge gut für die beiden und bei Tagesanbruch müssen sie wieder bereit stehen!« Stumm prüfte der Stallbursche den Taler und nickte.

In der Schankstube wartete Emiliana bereits auf ihn. Sie saß an einem kleinen Tisch, der sein Alter offen zur Schau stellte. Die Tischplatte aus alter Buche und von den vielen Gästen abgenutzt. Risse im Holz und eingetrocknete Flecken bezeugten das. Emiliana lächelte als er eintrat.

Mit langen Schritten kam Marie aus der Küche und trat an den Tisch der beiden, zündete die Kerze an und fragte routiniert »Was kann ich euch bringen?«

»Sollte sich in der Küche noch ein warmes Essen finden, wären wir dafür dankbar. Auch Wein darfst du uns bringen. Außerdem benötigen wir Proviant für einige Tage.«

Marie runzelte die Stirn, schaute fragend von einem zum anderen und entgegnete »Wollt ihr in die Stadt?«

»Nein, nicht in die Stadt, aber auch hier hält uns nichts mehr.« Marie nickte mit verständnisvoller Miene. »Hast du dich verletzt?« Sie deutete auf Adams Arm, um den er so gut es ging in ein Tuch gewickelt hatte, um das Siegel zu verdecken. »Ist nicht der Rede wert.«, winkte er gleichmütig ab.

Wenige Augenblicke später standen zwei Schüsseln mit Suppe und Brot auf dem Tisch. Die Suppe dampfte noch und das frische Brot verströmte einen wohligen Duft. Erst jetzt bemerkten sie, wie hungrig sie eigentlich waren und genossen die Speisen, wenn auch die Suppe etwas karg war und sie sich gerne ein Stück Fleisch mehr darin gewünscht hätten.

Niemand beachtete die beiden, während sie an ihrem

Tisch aßen und sich leise unterhielten. Die Stimmung im Wirtshaus war sehr gedrückt. Zu tief saß noch der Schock. Sorgenvolle Gesichter saßen vor ihren Bechern und trauerten um Angehörige oder ihren Verlust von Hab und Gut. Adam bezahlte die Zeche und ging mit Emiliana auf sein Zimmer. Um für den kommenden Tag ausgeruht zu sein, mussten sie sich zeitig schlafen legen.

Es war noch still im Haus, als Adam die Augen aufschlug. Der Morgen war noch sehr früh, Emiliana schlief an seiner Seite und er war wie verzaubert von ihr. Tat er das richtige?, fragte er sich.

Emiliana regte sich und blinzelte ihn verschlafen an.

»Was ist los, Adam? Ich spüre deine Zweifel.«

Er nahm ihre Hände in die seinen und schaute ihr tief in die Augen. »Ich möchte nur nicht, dass dir irgendetwas zustößt. Du bist mir wirklich sehr wichtig!«

Sie küsste ihn zärtlich und stieß ihn dann spielerisch zurück. »Dann wirst du wohl gut auf mich aufpassen müssen, denn Männer tun so etwas normalerweise!«

Mit einem Lachen sprang sie aus dem Bett. Auch er sprang auf die Beine, um sie dann einzufangen und immer wieder zu küssen. Im nächsten Augenblick klopfte es an der Tür.

»Die Pferde sind eingespannt, Herr.«

Vollbeladen mit seinen Sachen stolperte er fast die

Stufen hinab, was bei Emiliana zu einem Lachanfall führte. Die Schankstube war noch leer, im Kamin glomm noch das Feuer vom Vorabend und kleine feine Rauchschwaden schraubten sich kräuselnd in die Höhe. Aus der Küche hörten sie schon das Klappern von Töpfen. Dort wurde so früh schon alles für den kommenden Tag vorbereitet.

»Wie lange es das Wirtshaus wohl noch gibt, wenn doch alle das Dorf verlassen?«, überlegte Emiliana traurig. Sie folgten dem Stalljungen zum Wagen, der wie versprochen fertig beladen mit all den Dingen, die Adam für nützlich erachtete, vor dem Wirtshaus stand.

Die beiden stämmigen Kaltblüter mit ihren langen Mähnen trotzen den Mücken, die in einer Vielzahl um sie herumschwirrten. Voller Ungeduld scharrten sie mit den Hufen auf dem trockenen Sommerboden, so dass sich kleine Brocken von der harten lehmigen Erde lösten.

Das Holz des Wagens knarrte als Adam aufsaß. Er reichte Emiliana seine Hand und half ihr auf den Wagen. Mit einem Ruck setzte sich das Gefährt in Bewegung und hinter ihnen blieb nur der Staub zurück, den sie in der noch kühlen Morgenluft aufwirbelten.

Marie sah traurig, wie der Wagen um die nächste Ecke bog und verschwand.

ERSTE VERSUCHE

Der Morgen war schon spät als die beiden das erste Mal Halt machten und das Dorf lag schon weit hinter ihnen. Die Höfe, an denen sie vorbeikamen, waren meist verlassen. Nur noch wenige Hühner flatterten hier und da umher und ein Hund bellte ihnen wütend hinterher. Ansonsten waren sie alle fort.
Am Rande einer Wiese rasteten sie und ließen die Pferde das satte Grün fressen. Emiliana und Adam knabberten an Brot und Käse.
Adam entzündete ein kleines Feuer und sie tranken Tee, der einen wunderbar lieblichen Duft nach Minze und Kräutern verbreitete. Er nahm das magische Buch zur Hand.
»Schau mal, was hier steht!« Emiliana beugte sich vor und schaute ebenfalls gebannt in das Buch. Berührte sie Adam, konnte auch sie die Schrift darin lesen.

»**Um Macht über die Elemente zu erlangen, musst du lernen, sie zu verstehen und mit ihnen üben. Indem du deinen Geist zur Ruhe bringst und tief in dich selbst hinein hörst, wirst du an einen Punkt gelangen, an dem du die Ruhe**

selbst bist. Erst dann versuche, die Energie der Elemente zu erspüren. Nehme sie in dich auf und arbeite mit ihnen. Hierzu verwende die Gewebe, die um dich herum erscheinen und mache sie dir zunutze. Nur mit Geduld und Disziplin wirst du es schaffen, diese Gewebe zu formen.«

»Ok, das schaffe ich!« dachte Adam und schloss die Augen. Seine Hände berührten den Boden, auf dem er saß. Nach einer kurzen Weile bemerkte er ein Glimmen, etwas, das sehr weit weg und kaum erreichbar schien. Sein Innerstes bedeutete ihm, dass er genau danach greifen solle, doch wie sehr er sich auch anstrengte, er kam dem Leuchten nicht näher. Schweißperlen bildeten sich auf seiner Stirn, so sehr strengte er sich an.

Dann, mit einem Ruck schlug er die Augen auf, packte das Buch wieder ein und fluchte. »Magie, pah! Dass ich nicht lache!« Emiliana schauten ihn nur mit großen Augen an. »Was ist?«, maulte Adam. Sie antwortete nicht, zeigte nur stumm auf das Feuer.

Es war noch da, die kleinsten Zweige waren auch schon weiß und die Glut stob mit jedem Windhauch durch die Luft. Lediglich die Steine, die zuvor um das Feuer herum lagen, waren lautlos zu Staub zerfallen.

»Wie ist das passiert?«, krächzte Adam.

»Du hast dich auf deine Übung konzentriert. Plötzlich glühten die Steine auf und schon im nächsten Moment lösten Sie sich in Nichts auf. Wie auch immer du das gemacht hast...«

In Gedanken überlegte Adam: »Hm, was genau habe ich denn getan, als das geschah? Da war ein Licht, weiter nichts. Nicht einmal ergreifen konnte ich es, also wie soll das gehen? Vielleicht sollte ich es erneut versuchen?«

Er setzte sich ans Wagenrad, schloss die Augen und stellte sich Wasser vor. Um ihn herum wurde es dunkler, bis in seinem Inneren ein Pfütze zu sehen war. Immer weiter versuche er, sich dem Gebilde zu nähern. Plötzlich spürte er einen kräftigen Hieb in die Seite und erschrak.

»Hör auf, Adam! Du machst alles nass!« Emiliana stand völlig durchnässt neben ihm. Dort, wo das Feuer loderte, war nur noch eine Matschlache und die Wiese vor ihm gleich einem kleinen Teich.

»Adam, was soll das? Du überlegst nicht, was du tust! Du sollst mit den Geweben arbeiten und nicht mit den Elementen durch die Gegend werfen!«

Adam grinste sie an. Dann prustete er los und lachte herzhaft. Er schnippte etwas von dem Schlamm am Boden in Emilianas Richtung, die jetzt böse näherkam und ihn schubste. Laut lachend rutschen beide auf dem feuchten Boden aus und landeten zusammen im Matsch. Die Pferde drehten ihre Köpfe zu den Menschen und dachten wohl, die seien jetzt völlig verrückt geworden.

Es war fast Mittag, die Sonne über ihnen strahlte und trocknete die Kleider. Emiliana und Adam saßen auf dem Kutschbock und fuhren direkt auf ein Waldstück zu.

Lange hatten sie einhellig geschwiegen. Adam war in Gedanken an all das kürzlich Erlebte. Was meinte Emiliana nur mit „Geweben arbeiten und nicht nur mit den Elementen"?

Emiliana dreht sich zu ihm um. »Na, was meine ich wohl. Mach es so, wie es im Buche stand. Sieh die Gewebe und dann arbeite mit den Elementen.«

»Die Sache mit den Gedankenlesen ist nicht unbedingt ein Gewinn.«, grummelte Adam leise.

»Wieso denn?«, entgegnete Emiliana mit einem spöttischen Lächeln auf den Lippen. »Du hast doch nichts zu verbergen? Wir sind nun mal miteinander verbunden und das vielleicht schneller, als es mir lieb ist, doch nun ist es so. Machen wir einfach das Beste daraus.«

»Nur welchem höheren Zweck die ganze Sache dienen soll, das verstehe ich noch nicht.«, sagte Adam während er die Bremse vertrieb, die einfach nicht von ihm ablassen wollte. »Blödes Viehzeug!«, rief er und konzentrierte sich auf das Insekt, welches

dadurch scheinbar in der Luft hängen blieb. Ein sachtes Kribbeln überzog Adams Haut und Kraft stieg in ihm auf. Diesmal konnte er Emilianas Bewegungen deutlich sehen, aber die Bremse schwebte noch immer vor seinem Gesicht – wie lebendig in der Luft angebunden. Nicht einmal ihre Flügel bewegten sich.
Adam atmete laut aus, versuchte, sich zu entspannen und schon flog die Bremse davon, befreit von ihren unsichtbaren Fesseln.
»Hast du das gesehen, Liebste!? Ich habe sie einfach in der Luft angehalten!«
»So scheint es vielleicht richtig zu sein. Lass uns im Buch nachschauen, denn wenn die Aufgabe erfolgreich gelöst ist, soll es ja eine neue Seite zu lesen geben.«
Indes erreichten sie den Wald, dessen Blattwerk sich ihnen nun öffnete. Die großen Buchen mit ihrem dichten Laub verdunkelten den Boden. Es raschelte, sobald die Pferde die fast verrotteten Blätter vom Vorjahr aufwirbelten. Adam konzentrierte sich und lies ein kleinen Haufen Laub über Emilianas Kopf schweben. Leise fielen die Blätter auf Emiliana herab. Sie schimpfte laut. »Das ist unfair, Adam! Lass das sein!« Noch immer lachend trieb er die Pferde zur Eile an, um schneller durch das Gehölz zu kommen.
Solch einen Wald hatte er noch nie gesehen. Die

Bäume waren riesig, man benötigte sicher mehrere Leute, um die Stämme umfassen. An der glatten fast silbrigen Rinde prangte grünes Moos, das wie Teppich aussah auf dem sich Wasserperlen spiegelten. Dieser Wald musste schon sehr alt sein. Weit oben in den Wipfeln lugte nur selten die Sonne durchs Geäst.

Nur die Geräusche der Pferde und des Wagens waren zu hören, so still war es hier. Der Weg vor ihnen war holprig und zu erkennen war nur eine schmale Spur, die die Räder anderer Reisenden hinterlassen hatten. Auch wollten sie die Pferde nicht übermäßig beanspruchen, somit kamen sie nur sehr langsam voran.

Sie hielten an einer Lichtung. Hier gab es scheinbar einen Rastplatz, der auch schon von anderen Reisenden dazu benutzt worden war. Man erkannte die Feuerstellen und einige große Steine, die wohl als Sitzplätze dienten. Gelbe Pilze wuchsen hier und weiches hohes Gras lud zum Verweilen ein.

Adam band die beiden Pferde an einem Baum und gab ihnen Hafer. Emiliana baute indes das Lager auf. Sie sammelten Holz für ein Feuer. Währenddessen begann Adam, sich an sein inneres Ich zu wendend. Er konzentrierte sich auf die Zweige. Sie schwebten nacheinander in den dafür vorgesehenen Steinkreis. Dann setzte er sich davor und wenigen Augenblick

später schlugen winzige Flammen aus dem Holzhaufen.
»Du lernst wirklich schnell«, lobte Emiliana und drückte ihm einen Kuss auf den Mund.
Schon kurz darauf hing ein kleiner Kessel über dem lodernden Feuer, in dem Trockenfleisch und Gemüse köchelten. Dampfend verwehte die Suppe ihren köstlichen Duft über die Lichtung.
Adam schlang das Essen förmlich herunter, so hungrig war er. Erst jetzt bemerkte er, wie viel die „Spielereien" mit der Magie ihn abverlangte.
Nachdem sie alles wieder verstaut hatten, was sie nicht für die Nacht benötigten, legte er noch einen Scheit auf das Feuer, setzte sich zu Emiliana und flüsterte: »Schlaf du jetzt, ich werde die erste Wache übernehmen.« Wenn auch widerwillig legte sich Emiliana auf den Wagen und war innerhalb weniger Minuten eingeschlafen. Adam hatte Ihre Müdigkeit gespürt.
Er setzte sich zurück ans Feuer. Es war still. Einige Nachtfalter wurden vom Licht angezogen und beendeten dann schlagartig ihr Leben mit einem leisen Knistern in den Flammen. Tiefer im Wald raschelte und knackte es. Adam blickte aufmerksam in alle Richtungen, doch er konnte nichts erkennen.
Eine Eule flog durch das Geäst der Bäume über ihm und landete fast geräuschlos auf einem Ast in seiner

Nähe. Ihre Augen sahen aus wie kleine glühende Kohlen, die orangegelb leuchteten, und blinzelten ihn neugierig an. Der Vogel fuhr sich mehrfach mit dem gebogenen Schnabel durch das Gefieder und kam dann auch zur Ruhe.

Adam machte es sich gemütlich und nahm das Buch zur Hand. Erneut zeigte sich eine weitere Seite und die Buchstaben ordneten sich gerade sohin an, dass er bereits einige Wörter erkennen konnte. Plötzlich flog die Eule laut kreischend davon und vor Schreck ließ Adam das Buch fallen. Eine Feder schwebte zu Boden und blieb auf dem Buchdeckel liegen. Er schalt sich selbst einen Angsthasen, nahm die Feder zur Hand und benutze sie als Lesezeichen. Erneut erschien der Text:

»Lerne die Dinge zu sehen, wie sie wirklich sind. Sieh hinter die Kulissen. Erkenne in scheinbar toter Materie das Leben und nutze dies wie die Feder, die du erhalten hast, um Energie zu speichern. Übe mit der Feder und dann suche dir einen größeren Speicher. Edelsteine z.B. nehmen sehr viel Magie auf. Nutze sie!«

Die Seite verschwand und es waren wieder nur die Runen zu sehen, die das ganze Blatt bedeckten. Er wog das geschlossene Buch noch mal in der Hand,

bevor er es zurück in das Öl-Tuch wickelte, welches dafür gedacht war, es vor Nässe zu schützen und legte es dann zurück in seine Tasche. Er bemerkte gar nicht, dass Emiliana bereits wieder an seiner Seite saß, so sehr war er in seine Gedanken versunken. Mit liebevollem Blick sagte er zu ihr: »Du bist viel zu früh auf! Schlaf noch ein wenig.« Sie schüttelte nur den Kopf. »Es es ist schon gut. Leg du dich hin, ich komme zurecht.«
Adam nahm sie in den Arm und küsste sie. So saßen sie eng umschlungen eine Weile und starrten in das Feuer, das noch immer brannte und die Bäume ringsum mit langen beweglichen Schatten bedachte. Wie Glühwürmchen flogen kleine Funken meterhoch und verglommen. Adam spürte, dass Emilianas Kopf schwerer wurde. Nun war sie doch wieder eingeschlafen.
Er fühlte sich so gut mit ihr. Alles hatte sich verändert, als hätte er seinen Fuß in eine ganz neue Welt gesetzt. Seine Augenlider wurden schwer und blieben oft für einige Minuten geschlossen. Schließlich gab er den Kampf gegen die Müdigkeit auf und schlief ein.

»Ich sagte doch, das da ist ein Feuer, du Dummkopf!«
»Ja, schon, aber wenn es wieder diese Räuber sind?«
Meckernd schälten sich zwei Gestalten aus dem

Dunkel.

Adam fuhr hoch und weckte dabei unsanft Emiliana. Die versuchte, auf die Beine zu kommen. Adam riss sein Messer aus der Scheide und drehte sich mit einem Sprung den beiden entgegen.

Die zwei machten einen Höllenlärm, als wenn zehn Mann sich lautstark durch das Dickicht bewegten.

»Rührt euch nicht und kommt ja nicht näher!«, warnte Adam. Doch das hielt die beiden Fremden keineswegs auf. »Ich warne euch!«, schrie er jetzt fast.

»Wer droht da? Wir sind Soldaten des Königreichs Ellion. Niemand droht uns!«, rief der größere der beiden. Nun waren sie nah heran und dank des Feuers besser zu erkennen.

Sie trugen jeweils einen mit Federn geschmückten Hut und an Ihren Seiten baumelten lange Schwerter. Noch hatten sie aber die Klingen nicht gezogen.

Emiliana stellte sich Schutz suchend hinter Adam. In diesem Augenblick hingen die beiden auch schon mit den Füßen in der Luft und baumelten dort wie an einem Seil. Vor Erstaunen verstummten sie schlagartig, ihre Augen weiteten sich und der kleinere wimmerte vor sich her. »Gnade! Gnade! Lasst uns am Leben. Wir sind doch nur zwei Soldaten auf den Heimweg. Gnade, bitte Herr Magier!«

Adam spürte, wie ihn seine Kräfte verließen und stöhnte auf. Emilianas Arme stützen ihn und in genau dieser Sekunde fielen auch die beiden Soldaten mit einem Krachen zurück auf den Waldboden. Man hörte das Unterholz knacken. Wild fluchend richtete sich der Große auf und stürmte mit gezogener Klinge auf das Lager zu. Der Kleine spuckte erst noch Grasbüschel aus, klopfte sich den Schmutz aus der Kleidung und folgte dann seinem Gefährten. Er schien nicht so wütend wie sein Kumpan, dennoch war er natürlich gefährlich mit seiner Waffe in der Hand.
»Bleibt stehen und gebt euch zu erkennen!«, brüllte Adam. Seine Stimme verlor sich. Schon war der lange Soldat am Feuer angekommen. Er zögerte und senkte das Schwert. Direkt hinter ihm kam der kleinere mit lautem Geschrei und prallte gegen den langen, der sich fluchend umwandte. »Mach doch die Augen auf, du Dummkopf!«
»Sven? Tinus? Seid ihr es?« Tinus drehte sich zu Emiliana „Ja, wir sind es, lebendig und im einem Stück!«
»Was tut ihr hier «
»Das können wir euch genauso fragen!«, rief Sven, sich noch immer das Kinn reibend nach dem Zusammenprall.
»Wir sind Kundschafter des Königs und suchen nach

Dämonenpack. Es wird immer schlimmer und nirgends ist man mehr vor ihnen sicher.«
»Setzt euch mit ans Feuer, kommt, seid unsere Gäste. Wir verdanken euch unser Leben!«
Die Soldaten nahmen Platz. Adam bemerkte, dass Sven auf den Weinkrug schielte und warf beiden einen Becher zu.
»Was treibt euch in diese gottverlassene Gegend?«, fragte Tinus. Adam setzte sich aufrecht. »Wir sind auf dem Weg zum Hof meiner Mutter. Wir haben unser Dorf aufgegeben, zu groß war der Verlust durch die Schattenmonster. Niemand wollte mehr bleiben.«
»Ja, Dörfer wie das eure haben wir viele gesehen. Der König von Ellion hat mehrere Tausend Mann ausgesandt, um die Kreaturen zu bekämpfen, bislang allerdings recht erfolglos.«
Sven, der den Krug mit dem Wein mittlerweile bei sich stehen hatte, goss sich munter seinen Becher erneut voll und leerte ihn in einem Zug.
»Sollst du saufen!?« Tinus hieb ihm mit der Hand auf den Hinterkopf, sodass der Becher ins Gras flog. Aufgebracht drehte Sven sich zu Tinus um. »Was schlägst du mich? Ich habe Durst!«
»Dann trink Wasser und benebele nicht immer deine Sinne, du Dummkopf!« und sich an Adam wendend: »Wenn man nicht aufpasst, säuft er den

Monatsvorart Wein an einem einzigen Abend aus".

»Das sind doch alles Lügen! Du tust ja gerade so, als ob ich mich ständig betrinken würde!«

Tinus lachte schallend und schlug sich dabei auf die Schenkel, dass es krachte. Sven drehte sich beleidigt zu Emiliana und zwinkerte ihr zu. Ein Lächeln huschte über ihr Gesicht und sie ging zum Wagen und brachte beiden Dörrfleisch und Brot. »Stärkt euch noch etwas.« Dankend nahm Sven die Speisen entgegen.

»Adam, du hast also gelernt, mit der Magie umzugehen?«, nuschelte Sven mit vollem Mund. Krümel fielen auf seine Hose.

»Wie ein Schwein fressen und saufen!«

Adam lachte.

»Das ist eine sehr lange Geschichte, dafür ist die Nacht wohl zu kurz. Aber ja, Magie ist irgendwo in mir und ich wende sie auch schon an«, sagte er stolz. Sven schaute kurz zu ihm hoch, kaute dann aber nur langsam weiter. Es lag in der Luft, dass dieses Thema ihm nicht sehr behagte.

»Wo sind eigentlich eure Pferde? Wieso seid ihr zu Fuß unterwegs?«, fragte nun Emiliana in die Stille hinein. Sichtlich genervt antwortete Tinus: »Dieser Nichtsnutz von einem Soldaten hatte letztens die erste Wache übernommen, doch als ich ihn ablösen wollte, schnarchte er völlig benebelt vom vielen Wein hinter einem und unsere Pferde samt Ausrüstung waren über alle Berge!«

Sven schämte sich und sank in sich zusammen.

»Daher werde ich heute die nächste Wache übernehmen!,«, verkündete Tinus, wobei er entnervt Sven anschaute.

Emiliana legte sich wieder auf den Wagen und schlief sofort ein. Adam und Sven redeten noch leise am Lagerfeuer, bis die Müdigkeit auch sie übermannte.

Früh am Morgen, als die ersten Lichtstrahlen durch die Wipfel der Bäume blitzen, war Adam schon auf den Beinen, um Feuerholz zu sammeln. Als er zum Lager zurückkam, sah er, wie Emiliana Frühstück bereitete. Sven lag noch immer an den Baum gelehnt und schnarchte, was das Zeug hielt. Tinus hingegen kontrollierte die Rüstung und sein Schwert. Wenige Augenblicke später brannte das kleine Feuer und erhitze einen Kessel mit Wasser für den Tee.

Tinus stapfte zu Sven hinüber und weckte ihn mit der Stiefelspitze an der Schulter stoßend. Sven zuckte heftig zusammen, so dass der Weinkrug aus seinen Händen fiel und zu Boden rollte. Der Krug war natürlich leer, beide waren zusammen eingeschlafen.

»Du bist wirklich nur noch am Saufen, du dummer Kerl!«, zischte Tinus ihn an.

Verlegen stand Sven auf und ging noch wankend in den Wald, um seine übervolle Blase zu leeren. Als er wiederkam, saßen seine drei Gefährten am Feuer und aßen schweigend. Emiliana hielt ihm einen Becher mit nach herrlichen Kräutern duftenden Tee hin. »Danke.«, murmelte Sven leise mit noch rauer Stimme. Tinus zeigte mit seinem Becher auf Adam und sprach: »Sagt uns die Richtung, die ihr nun einschlagt, vielleicht können wir euch ein Stück begleiten.«

Emiliana schaute Adam ins Gesicht und in seine Gedanken hinein sagte sie sanft: »Ich denke, wir können ihnen vertrauen, zeig es ihnen.« Adam nickte kurz, ohne dass es jemand bemerkte, holte seine Karte hervor und zeigte Tinus den Hof, zu dem sie wollten. Tinus vertiefte sich in die Zeichnung und schaute Adam und Emiliana dann an, als hätte er einen Geist gesehen.

»Woher habt ihr diese Karte?« Tinus atmete schwer. »Sie offenbart eines der ältesten Geheimnisse unserer Zeit.« Adam schaute ihn fragend an. »Ich habe sie von meiner Mutter.«

Sven schaute ihn an und bemerkte jetzt auch das Siegel auf seinem Arm. Er erstarrte und wurde blass. »Ihr tragt das Siegel! Ich wusste es.«, flüsterte er. »Der Ort, den ihr da sucht, ist kein Hof. Es ist eine Festung. Seit über hundert Jahren hat man von dieser Feste nichts mehr gehört und man sagt, sie sei einfach verschwunden, wie weggelöscht.« Er nahm noch einen großen Schluck aus seinem Becher und fuhr dann fort: »Einst trafen sich dort all diejenigen, die mit Magie verbunden waren und tauschten ihr Wissen und Können aus. Deine Mutter gehörte demnach zu diesem Bund - ob als Magierin oder Behüterin weiß ich nicht zu sagen. Doch eines steht fest: Wer dieses Siegel trägt und die Karte besitzt wird Großes bewegen. So steht es geschrieben. Lasst mich raten, Sie«, er zeigte auf Emiliana, »ist deine Behüterin?«

Adam nickte nur stumm. Zu viele Gedanken stürmten auf ihn ein. Auch Emiliana saß vor sich hin grübelnd da. »Du sagtest, es stehe geschrieben, Tinus. Was bedeutet das?« Sie schaute ihn fragend an. »Du musst wissen, in Ellion gibt es eine uralte Schrift, die besagt, dass ein Magier und sein Behüter das Dunkel besiegen und überall für Licht sorgen würden.« Nachdenklich schaute Emiliana zu Adam. »Wie weit ist es bis nach Ellion?«

Alle vier hielten die Köpfe gebeugt über die Karte. »Hm, wenn wir ungefähr hier sind,« Tinus zeigte auf einen Punkt, an dem ihr Wald eingezeichnet war, »dann sollten es von hier aus bis nach Ellion noch ungefähr sechs Tagesreisen sein.«

»Aber Tinus!« Sven zeigte entlang der eine Route, »Wenn wir hier entlang reisen wollen, bedenke das Elfenland. Und die Legenden um die Elfen sind mir gar nicht geheuer!« »Du immer mit deinen Elfen! Seit über einem Jahrhundert hat niemand mehr einen Elf gesehen. Dummes Geschwätz also! Dies ist der schnellste Weg nach Ellion und den werden wir nehmen!« Mit diesen Worten rollte Tinus die Karte zusammen und gab sie Adam zurück.

Das Lager war schnell abgebaut. Die beiden Soldaten nahmen hinten auf dem Wagen Platz und schon polterten die großen Räder über den harten Boden durch all die vielen Löcher, die den Waldweg zeichneten. Sven bekam diese Schaukelei keineswegs. Er war bleich und bei jedem Schlagloch zog er eine verzerrte Mine. Erst als die Sonne schon wieder tief am Horizont stand, ließen sie die Pferde am Rande einer großen Lichtung halten.

ELFEN

Adam band die Pferde an, striegelte sie und kontrollierte die Hufe. Nachdem er die Tiere versorgt wusste, setzte er sich zu der kleinen Gruppe und sie aßen Brot und Käse.

Sven erholte sich zusehends. Er dockte an einen Baum gelehnt und polierte sein Schwert. Die Parierstange hatte schon deutlich bessere Zeiten gesehen. Nicht nur, dass es verbogen war, nein, auch das Messing war längst dunkel angelaufen und an einigen Stellen war sogar Grünspan zu erkennen, als hätte es wochenlang der Witterung ausgesetzt auf dem Feld gelegen.

Tinus kaute gedankenverloren an einem Stück Käse, als direkt neben ihm sirrend ein Pfeil in den Boden schlug. Mit einem Ruck stand er auf und suchte die Richtung, aus der der Pfeil geflogen kam. Die Klinge in der Hand machte er sich bereit und erwartete seinen Gegner. Doch niemand zeigte sich. Erneut schlug ein Pfeil ein, genau dort, wo der erste noch immer im Boden steckte. Sven duckte sich neben Tinus und blickte sich ebenfalls aufmerksam um. Niemand war zu sehen.

Gerade in dem Augenblick als Sven das Wort erheben

wollte, stand mit einem Mal eine große schlanke Frau neben ihnen. Sie trug ein Jagdkleid, sehr lang und durch einen Schlitz das schlanke Bein bis hoch zur Hüfte zeigend. Ein Köcher sowie ein Messer steckten an ihrer Hüfte in einem einfachen Gürtel. Ihre hellen Haare wallten über die Schulter und ihre aufmerksamen grasgrünen Augen verweilten auf der kleinen Runde. Sven verschlug es die Sprache.

Adam und Emiliana saßen noch starr auf dem Boden und blickten erstaunt auf als sie sprach: »Ihr seid ins Elfenreich eingedrungen und ich spüre, dass wenigstens einer von euch Magie beherrscht. Was wollt ihr hier?«

Die Elfe senkte den gestrafften Bogen und Tinus entspannte sich ein wenig.

»Wir wollen nach Ellion reisen.« Tinus sah ihr direkt in das schöne Gesicht. »Niemals kamen wir mit böser Absicht.«

»Diese Entscheidung obliegt unserem Rat und die Prüfungen werden zeigen, ob ihr Wahrheit sprecht und leben werdet. Folgt mir!„ und die Elfe verließ die Lichtung.

Sven eilte ihr schmachtend hinterher. Wie sie dort schritt, sich bewegte und ihr langes Kleid zuweilen Bein zeigte... Dann wurde er schlagartig ernst. »Von wegen Ammenmärchen!« Sven tippte sich mit dem Zeigefinger an die Stirn! »Ich hatte dich gewarnt!

Eine Begegnung mit Elfen bedeutet nichts Gutes. Aber du wolltest ja nicht hören!«

Tinus drehte sich um. »Kommt! Wir haben keine Wahl, wir müssen ihr folgen.« Wenige Augenblicke später zogen die Pferde den Wagen einen schmalen Pfad entlang.

Bäume versperrten den Weg. Einige Buchen waren so groß, dass man kaum ihre Wipfel erkennen konnten und die Stämme waren breiter als alles, was die Gruppe jemals gesehen hatte.

»Wartet, wir kommen hier nicht weiter!«, rief Adam der Elfe zu. Noch im Gehen drehte sie sich um und schaute Adam eindringlich an. »Manchmal sind die Dinge nicht, wie sie im ersten Moment erscheinen! Haltet einfach weiter darauf zu!«

Adam verstand nicht. Emiliana nahm ihm die Zügel aus der Hand und zögerte nicht. Die Pferde setzten sich wieder in Bewegung und sie fuhren langsam direkt auf die dichte Baumreihe zu.

Plötzlich verschwanden die Gäule vor ihnen wie abgeschnitten hinter einer unsichtbaren Kante und kurz darauf durchfuhr es alle wie ein Kribbeln und Knistern. Bäume waren nun keine mehr zu sehen und mit den Händen mussten sie Ihre Augen abschirmen, weil die Sonne hier unbarmherzig vom Himmel strahlte. Unmittelbar vor ihnen zeigte sich eine riesige Lichtung mit vielen Gebäuden. Ein gigantischer Turm ragte in einiger Entfernung geschwungen gen Himmel. Das Elfenvolk wuselte durch die Straßen und alle drehten den Neuankömmlingen neugierig die Köpfe zu. Man hörte sie tuscheln und nicht wenige griffen kampfbereit an ihren Bögen. Ihre Führerin jedoch gestikulierte, dass alles in Ordnung sei und keine Gefahr drohe.

Sven konnte sich nicht satt sehen: überall große schlanke Frauen und eine war schöner als die andere! Die spärliche Bekleidung, die ihn den ein oder anderen tiefen Einblick erlaubte, begeisterte ihn zusehends. Emiliana sah ihm schmunzelnd zu. Jeder von ihnen kannte diese magischen Wesen nur aus Geschichten.

Sie fuhren an vielen Häusern und sogar einer Schmiede vorbei, in der emsig gearbeitet wurde. Eine Schar junger Elfenkinder eilte schaulustig hinter ihnen her, während die älteren ihnen mit eher verächtlichen Blicken folgten. Sie kamen dem Turm immer näher und jetzt konnte man auch erkennen, dass es gar nicht nur ein Turm war, sondern eine Festung, die so in den Wald integriert worden war, als seien die Bäume als Mauerwerk und Bewehrung dienend gewachsen.

Der Weg zur Festung führte über eine Anhöhe. Soweit das Auge reichte sahen sie Häuser und üppig bewirtschaftete Felder. Ein schmaler Fluss kreuzte ihren Weg und eine breite Brücke führte die Reisenden darüber hinweg direkt auf das großen Tor zu, an dessen Flanken riesigen elfengleiche Statuen bedrohlich auf sie herabschauten.

Tinus verstand das alles noch immer nicht so recht. Er konnte sich nicht erklären, woher dieses Land auf einmal kam. So viele Jahre hatte er den Großwald in alle Richtungen durchkreuzt, aber hier kam er niemals durch. »Dieser riesige Turm«, dachte er , »der müsste doch meilenweit zu sehen sein.«, und sein Staunen hielt an, als er die gigantischen Statuen sah, die das Tor und den dahinterliegenden Hof bewachten.

Die Straßen waren mit weißem Stein perfekt auf Stoß gepflastert und sahen aus, wie von grünen und roten Adern durchzogen. Eine Freitreppe mit allerlei fein gearbeiteten Verzierungen, auf denen Pflanzen und Tierwesen abgebildet waren, ragte haushoch vor ihnen auf.

Die Elfe bedeutet ihnen, hier zu warten, eilte mit langen Schritten die Treppe hinauf und verschwand durch eine Tür, die links und rechts von Wachen umrahmt war.

Adam half Emiliana vom Kutschbock und sie standen nun zusammen vor dem Wagen und verharrten. Sven war sichtlich nervös, trat von einem

Bein auf das andere und nestelte an seinen Schwertgurt. Tinus rempelte ihn von der Seite an und befahl ihm, endlich still zu stehen.

Aus dem Palast kam nun eine kleine Gruppe Elfen die Stufen herab. Einige trugen diese langen Bögen, andere waren ohne Waffen und sehr edel gekleidet.

Die Gefährten wurden nachdrücklich angewiesen, alle Waffen abzulegen. Tinus machte den Eindruck, als wolle er widersprechen, doch Emiliana legte sanft eine Hand auf seinen Arm nickte, als wüsste sie sehr genau, was zu tun sei. Tinus fügte sich und auch Adam gab sein Messer her, wobei er kurz seinen mit dem Siegel gekennzeichneten Arm entblößte.

Einer der Elfen riss die Augen auf und keuchte, ein weiterer rief etwas in einer Sprache, die niemand verstand. Ein Elf ging langsam auf Adam zu und schaute ihn eindringlich an. Seine tiefblauen Augen schienen bis in die Seele sehen zu können. Adam erstarrte fast.

»Du bist Malkiers Sohn! Wieso trägst du das Siegel der Magier?« Seine Stimme war fein, doch hörte man gewohnte Autorität heraus.

»Wer seid Ihr? Und was ist das hier alles?«, platzte es aus Adam heraus, wobei er versuchte, seinen Arm wieder vollständig zu bedecken.

»Ich bin Elodiron, König der Elfen und das hier,«, er zeigte mit ausladender Geste, »das hier ist mein

Reich. Die Elfe, die euch hierher geführt hat, Nalani, beobachtete euch schon eine Weile, denn sehr lange schon warten wir auf den, der das Siegel trägt. Allerdings haben wir nicht erwartet, dass es ausgerechnet der Sohn Malkiers ist.«

Adam schaute ihn nur weiter fragend an. »Was hat das denn mit meinem Vater zu tun?«

»Es geht nicht um deinen Vater, sondern einer seiner Vorfahren hat unsere Rasse einst fast vollständig ausgelöscht. Er war ein sehr mächtiger Magier, musst du wissen. Kaum jemand beherrschte die Magie wie er. Aber eines Tages erfuhr er von dem fast vergessenen „Buch der Elemente". Wir selbst kannten es nur aus den Legenden, die man uns überliefert hatte... Lasst uns in den Palast gehen. Wir werden euch später prüfen, doch bis dahin gibt es noch vieles zu bereden. Seid meine Gäste!«

Im Palast war es angenehm kühl. Sofort traten Diener an sie heran und führten sie an einen großen Tisch. Köstliche Speisen und allerlei Getränke wurden serviert, während Elodiron erneut zu sprechen begann.

»Als dein Urahn das „Buch der Elemente" dann auch gefunden hatte, war er wie besessen davon und probte jeden Tag und immer wieder all die vergessenen Zauber. Er entschlüsselte die magischen Anleitungen, vergaß sich und alle um ihn herum.«

Adam erinnerte sich an die erst kürzlich gemurmelten Worte seines Vaters und schauderte.
Der König fuhr fort: »Junger Magier, was dein Vorfahr getan hat, soll ihm niemals mehr verziehen werden. Mit seinen Studien hat er Mächte erweckt, die selbst er nicht lenken konnte. Um die alte Magie der Elemente zu beherrschen, musste er seiner Umwelt Energie entziehen und so verbrauchte er diese mit jedem weiteren Spruch, mit jeder weiteren Schrift, um sie zu entschlüsseln. Er merkte oder es interessierte ihn nicht, dass um ihn herum die Elfen erkrankten. Sein einziges Ziel war das Enträtseln der Geheimnisse im Buch. Nachdem mit jedem Tag mehr Elfen den Tod fanden, wurde der Elfenrat einberufen und es wurde beschlossen, dass das Ganze augenblicklich ein Ende haben musste. Sie nahmen dem Magier das „Buch der Elemente" und all seine Notizen. Niemand sollte mehr Zugriff darauf haben. Er wurde aus dem Reich der Elfen verbannt und das Buch gut versteckt. Seither ist es nicht wieder aufgetaucht. Nun aber steht ihr heute hier vor mir und du trägst das Siegel auf dem Arm...«
Adam fühlte sich mit jedem Satz unbehaglicher. Er tastete nach Emilianas Hand und schaute sie skeptisch an.
»Nachdem wir das Buch versteckt hatten, verbargen auch wir uns selbst vor der Welt dort draußen. Seit

über 100 Jahren leben wir hier nur schon völlig abgeschieden von allem und behüten das Wissen um die Magie. Wir erfuhren dennoch, dass die dunklen Mächte erneut gerufen und auch benutzt wurden. Es war nicht sehr schwer, euch zu finden.«

Adam wurde unwohl. »Was ist meine Aufgabe? Was bedeuten das Siegel und die Karte, die mir meine Mutter gab?«

»Junger Magier, bevor wir dir all deine Fragen beantworten, musst du dich einer Prüfung unterziehen, die zeigen soll, ob du fähig bist, gegen die dunklen Mächte zu bestehen.«

Sven rutschte auf seinem Stuhl hin und her, wandte sich an den König und fragte: »Was ist unsere Aufgabe dabei?«

»Ihr zwei Soldaten werdet Adam begleiten, so wie ihr es bisher auch schon getan habt. Und auch die Behüterin wird ihm nicht von der Seite weichen. Nur wenn die Prüfung erfolgreich bestanden ist, wird er mithilfe des Elfenstabes Teil der Magie werden. Diesen magischen Stab wird er jedoch erst zu nutzen wissen, wenn er ausreichend Kenntnis von der Magie hat und dieses Wissen vermittelt ihm das „Buch der Elemente".«

Tinus hatte noch kein Wort gesprochen, seit sie im Palast waren. Er glaubte kaum, was er da hörte und nach des Königs Rede rang er um die richtigen

Worte. »König Elodiron, wir sind einfache Soldaten und Späher des Königreiches Ellion. Wir sind auf der Reise in unser Reich, um dem dortigen König den jungen Magier vorzustellen. Ein Aufschub dieses Vorhabens ist nicht möglich.«

Der Elfenkönig schaute auf. »Soldat! Es steht geschrieben und wird so geschehen. Noch heute soll Adam geprüft werden und nur, wenn er würdig ist, den Stab der Elfen zu tragen, dürft ihr eure Reise fortsetzen! «

Tinus riss entsetzt die Augen auf. »Aber, mein König, wartet...«

Mit fast unmenschliche lauter Stimme rief der Elfenkönig: »Es wird, wie es vorhergesagt ist! Und auch du wirst warten, bis du das Ergebnis der Prüfung kennst!«

Sven musste was trinken. Während der Auseinandersetzung suchten seine Augen den Tisch nach einem Krug Wein ab. Er fand ihn, setzte sich beiseite und kippte still seinem Becher randvoll.

»König Elodiron, was ist das für eine Prüfung? Was genau wird von mir verlangt?«, fragte Adam zögernd.

Der König deutete auf ein Wandrelief, welches die gesamte Länge des Saals einnahm, in dem sie saßen. Darauf war ein Portal zu erkennen und um dieses Portal herum schien die Sonne zu strahlen. Der Wandfries erzählte eine Geschichte und zeigte, dass viele durch diese Öffnung gingen. Auf der anderen Seite des Portals jedoch lagen aufgetürmt die Leichen und ein Totenkopf schwebte über ihnen.

»Junger Magier«, sagte der König, »dieses Portal wird dich prüfen und solltest du dunkle Magie in dir tragen, so wirst auch du diesen Durchlass nicht überleben. Sollte die Magie in dir indes rein sein, kannst du den Stab der Elfen erlangen und wir werden dir dabei helfen. Mit unserer Hilfe wird es dir dann möglich sein, den Stab im Kampf gegen die dunklen Mächte zu nutzen.«

Adam verstand nicht einmal im Ansatz, was hier vor sich ging. So viele Dinge waren seit der Nacht am See geschehen und nun sollte er weiteren Prüfungen unterzogen werden, die er vielleicht mit seinem Leben bezahlte. Während er versuchte, all das zu begreifen, spürte er die Anwesenheit Emilianas. In seine Gedanken hinein flüsterte sie ihm zu: »Adam, fürchte dich nicht. Ich bleibe bei dir. Gemeinsam schaffen wir das.«

Sein Gesicht hellte sich auf und er drückte sanft ihre Hand. »König Elodiron,«, erhob er nun fest die Stimme, »ich werde mich Eurer Prüfung unterziehen unter der Bedingung, dass meinen Freunden nichts geschieht!«

Nun trat Nalani einen Schritt vor und ergriff das Wort. »Es steht dir nicht zu, Bedingungen zu stellen!«

Elodiron unterbrach die zornige Elfenkriegerin. »Dein Wunsch sei dir gewährt, junger Magier. Du hast mein Wort als König!«

Aus dem Hintergrund traten vier Wachen zu der Gruppe. Sie geleiteten Adam und die anderen durch den Palast hinab in die düsteren Kellergewölbe der Festung.

DIE PRÜFUNG

Die kalte Luft in den Katakomben roch modrig. Auf den Stufen lag eine zentimeterdicke Staubschicht. Hier war lange niemand mehr gewesen. An einer großen schweren Holztür standen zwei Elfenkrieger, verneigten sich tief vor ihrem König und traten beiseite.

Die Tür war mit vier vergoldeten Eisenbändern verschlossen. Den gesamten Eingang zierten aufwendige Runen.

König Elodiron bedeutete Adam, er möge vortreten.

»Berühre sie!« befahl er.

Adam streckte vorsichtig die Hand aus, sein Herz schlug so laut, dass er sicher war, jeder im Raum würde es hören. Plötzlich durchfuhr es ihn wie ein Blitz. Die Zeichen auf der Tür leuchteten auf und änderten - wie auch schon im Buch der Magie - ihre Positionen. Er konnte lesen was dort geschrieben stand!

»Trete ein, junger Magier und bestehe!«

Es ertönte ein lautes Surren. Mit einem Klacken löste

sich das oberste Eisenband und schwang nach unten. Dann war es wieder still. Emiliana trat mutig vor und berührte ebenfalls das Tor. Erneut glühten die Runen und ordneten sich zu einer weiteren Nachricht:

»Behüterin des Wissens, begleite und beschütze! Trete ein!«

Es löste sich das zweite Band. Nun waren Tinus und Sven an der Reihe und alles wiederholte sich.
Staub und Spinnweben lösten sich von dem Rahmen der Tür und mit einem leisen Quietschen schwang die dicke Eibentür auf. Dahinter kam eine große Halle zum Vorschein und feuchte Luft schlug ihnen entgegen.
Adam trat durch die Tür und mit jedem Schritt lösten sich vor ihm am Boden leuchtende Runen, die zur Mitte des Saals strebten, um dort einen perfekten Kreis zu bilden. Mit jeder Rune wurde der Saal heller. Schon bald beleuchtete der Schein die gesamte Halle. Erst jetzt bemerkten sie die übergroßen Statuen, die als Wächter um das Siegel angeordnet waren und mit grimmiger Miene auf die Eindringlinge schauten.
Sven stand die nackte Angst ins Gesicht geschrieben und er trat unauffällig hinter Tinus. Emiliana dagegen staunte über all die Pracht, die sich hier vor ihnen auftat. So etwas hatte sie noch niemals

gesehen.

Als die Runen sämtlich die Mitte erreicht hatten, erhob sich aus dem Boden eine Art Tor, das golden glänzte und übersät war mit Bildern und Inschriften. Innerhalb des Torbogens waberte eine schwarze Masse, die aussah, als bestünde sie aus Wasser. Sie glänzte, doch ein Spiegelbild von Adam, der jetzt unmittelbar davor stand, warf sie nicht zurück.

»Geht nun!«, sagte Elodiron. »Geht und kehrt zurück!«

Mit weichen Knien stolperte Adam voran. Noch immer Emilianas Hand haltend, spürte er ihre Furcht und versuchte, sie zu beruhigen. »Was auch geschieht, wir finden uns wieder.« Dann ließ er sie los und trat durch das Portal. Die anderen sahen, wie es ihn förmlich verschluckte und schwiegen bedrückt.

Sven schlich auf leisen Sohlen zurück zum Eingang. Er hatte die Absicht, den Raum zu verlassen.

»Wo willst du hin, Soldat?«, donnerte König Elodiron. Sven blieb abrupt stehen, drehte sich zu dem König um und kniff die Knie zusammen. »Verzeiht, Herr König, der Wein... ich müsste mal...«

»Schweig und kehre um! Erst erfülle deine Aufgabe wie ein Mann und sei kein Feigling!«

Mit gesenktem Haupt kam Sven zurück und stellte sich zu Tinus. Der sah ihn abfällig an und schüttelte den Kopf.

Währenddessen war Emiliana vorgetreten und auch sie verschwand ohne ein Geräusch durch das Portal.

Die beiden Soldaten folgten ihr, wobei Tinus Sven am Kragen hielt und hinter sich herzog.

Schlagartig wurde es dunkel in der Halle und Nalani entzündete eine Fackel. »Vater? Wie lange meinst du wird es dauern, bis sie zurückkehren?«

Elodiron drehte sich zu ihr um. »Das kann ich nicht sagen. Jeder einzelne von ihnen muss zuvor seinen Platz finden und erkennen, was seine Stärken und Schwächen sind. Sie müssen sich den für sie vorgesehenen Aufgaben stellen und sie bewältigen. Nur wenn sie wirklich rein sind, wird das Portal sie zurück in unsere Welt lassen, ansonsten hören wir niemals wieder von ihnen.

EINE NEUE WELT

Ein Kribbeln durchzog Adam, als er durch das Tor trat. Kurzzeitig war alles schwarz um ihn herum und dann, ganz plötzlich fand er sich auf einer Wiese wieder. Der Himmel zeigte nur wenige Wolken und die Sonne wärmte ihn. In der Ferne sah er Häuser.
Ungläubig schaute er sich um. Wo war Emiliana? Sie sollte ihm doch folgen? Vögel zwitscherten munter in die Stille hinein, niemand war zu sehen. »Wo bin ich nur?« dachte sich Adam und wieder konnte er Emilianas Gegenwart spüren. Erneut blickte er sich suchend um, konnte aber tatsächlich niemanden entdecken. Dann schloss er die Augen und horchte in sich hinein. Sie war da, jedoch weit entfernt von ihm. Er öffnete die Augen und ging langsam in die Richtung, in der er sie erspürt hatte. Der Weg, den er so einschlug, führte ihn geradewegs auf die Häuser zu, die er in der Ferne ausgemacht hatte. Bald konnte er einzelne Höfe erkennen. Auf den angrenzenden Feldern sah er Menschen arbeiten und... Er stutze. Alles kam ihm so bekannt vor. Aber das konnte doch nicht sein? Sein Dorf war doch zerstört?
Er beschleunigte seine Schritte und erreichte wenig

später den Dorfplatz. Ja, es war tatsächlich seine Heimat! »Wie komme ich hierher?«, fragte sich Adam erstaunt.

»Ach, schau an, unser Adam!«, rief Undines Mutter, die gerade dabei war, die Zeche ihrem Mannes zu begleichen, der gestern sicher mal wieder im Wirtshaus zu viel getrunken hatte.

Aber Maries Vater war doch tot? Was war denn hier los? Träumte er das alles?

Schon winkte Marie ihm freundlich zu und bedeutete ihm, zu ihr zu kommen. Was wollte sie nur?

»Komm, setzt dich!« Sie stellte ihm ein kühles Bier vor die Nase und zwinkerte ihm unbeschwert zu. »Schön dich zu sehen.« Zärtlich berührte sie seine Hand. In ihrem Kleid sah sie reizend aus, es betonte ihre üppigen Kurven und verwirrte hier in der Schankstube sicher einige Männer.

Adam verstand nicht, was vor sich ging. Er bemerkte die Schweißperlen auf seiner Stirn und griff durstig nach dem kühlen Bier. Hastig geleert stellte er den Becher ab und wenig später stand ein zweiter vor ihm auf dem Tisch. Fragend schaute Adam zu Marie auf.

»Ich wollte kein weiteres Bier.«

Mit einem süffisanten Lächeln auf den Lippen entgegnete Marie: »Nun trink schon! Sei jetzt bloß nicht so bescheiden, Adam.« Ihre Blicke verhakten sich ineinander und sie übte einen Reiz auf ihn aus, dessen er sich nicht erwehren konnte. Als sie sich vorbeugte und ihm so einen tiefen Einblick in ihr Dekolleté erlaubte, schaute er verlegen weg. »Ach, schüchtern ist er nun auch noch...«, Marie drehte sich kokett um und ging in die Küche. Ihre Mutter lugte neugierig durch die halb offene Tür. Marie drehte ihre Runde, nahm Bestellungen entgegen und stellte auch schon bald einen Teller mit dampfenden Kartoffeln und einem guten Stück Fleisch vor Adam ab. »Du siehst hungrig aus.«

»Marie! Was ist hier eigentlich los? Vor kurzem noch war das Dorf völlig zerstört und nun scheint alles beim Alten. Ich verstehe das nicht. Was geht hier vor?«

Marie lachte. »Adam! Die zwei Becher Bier bekommen dir scheinbar nicht! Was redest du denn da für einen Unsinn? Hier, iss jetzt, bevor es kalt wird. Ich habe Mutter überredet, dir ein extra großes Stück Fleisch mit auf den Teller zu tun.«

Sie setzte sich zu ihm und lehnte ihre Schulter sanft an seine. Er konnte die Wärme spüren, die ihr Körper ausstrahlte und er roch Lavendelparfüm. Ihre Finger berührten ganz leicht seinen Nacken, was sein Körper mit einem Schauder quittierte. Es verschlug ihm fast die Sprache. Als er sich zu ihr wandte, presste sie ihre Lippen auf die seinen und eine Welle der Erregung durchströmte ihm. Er vergaß alles um sich herum. Gerade als er versucht war, sich der Lust hinzugeben, blitze die Gesichter von Emiliana und den beiden Soldaten in seinem Kopf auf. Schlagartig ließ er von Marie ab und erhob sich. Der Tisch drohte zu kippen, der Teller landete auf dem Boden und das Bier lief zu einer ansehnlichen Pfütze zusammen. Alle Gäste schauten sie an. »Marie, was soll das?« Das alles hier war nicht wahr!

Marie machte nun ein bitterböses Gesicht und schrie ihn an: »Was ist los mit dir, Adam? Bin ich dir etwa nicht gut genug?« Wutentbrannt sprang sie nun ebenfalls auf und schleuderte einen Becher vom Nachbartisch auf ihn. Adam musste sich ducken und der Behälter schepperte mit einem Krachen an die Wand. Über dem Kamin hinterließ der Wein einen großen roten Fleck.

»Das ist es nicht, Marie, aber du bemühst dich umsonst. Mein Herz schlägt nur für Emiliana und für niemand anderen. Ich muss gehen. Ich muss hier weg und sie suchen. All dies hier ist nicht wirklich!« Er eilte zur Tür und stolperte nach draußen.

Plötzlich umfing ihn Kälte und er konnte kaum sehen. Er lag auf kaltem Stein, das konnte er spüren. Mit den Fingern tastete er sich voran und unmittelbar vor ihm flammten die Runen. Endlich begriff er: Er war zurück im Keller der Elfenfeste.

ERINNERUNGEN

Emiliana trat durch das Portal und befand sich in ihrem alten Zuhause. Ein Feuer brannte in der Küche und es duftete nach köstlichen Speisen. Der Geruch war ihr vertraut, obwohl sie ihn lange nicht mehr wahrgenommen hatte.

Die Wohnung sah anders aus. Als sie das letzte Mal hier gewesen war, lag alles zerstört im Chaos. Heute war es, als sei all das nie passiert.

Plötzlich stockte ihr der Atem. Durch das offene Fenster hindurch sah sie ihre Urgroßmutter Mandara auf das Haus zugehen. Alles in Emiliana war in Aufruhr. Wo war Adam? Er war doch nur wenige Augenblicke vor ihr durch das Portal geschritten?

Die Eingangstür knarrte, eine alte Frau trat ein und ging direkt auf Emiliana zu.

»Endlich bist du da!«, sagte sie, nahm sie in den Arm und drückte sie kurz an sich. Danach wandte sie sich zum Herd, um getrocknete Blätter in heißes Wasser zu tauchen. Sie sprach: »Ich wusste, du würdest zurückkehren, mein Kind. Aber unsere Zeit ist begrenzt und alles, was du wissen musst, ist, dass du weit mehr bist als du denkst.«

Emiliana seufzte. »Eigentlich müsste auch Adam hier

sein? Er ging vor mir durch das Portal.«

»Vergiss den Jungen!« Mandara bewegte sich mit einer Eleganz und Energie, die man nicht mehr von ihr erwartete, wenn man sie sah.

»Mädchen, vergiss ihn.«, wiederholte sie. »Du brauchst ihn nicht, denn es gibt die Möglichkeit, das Wissen, welches ich dir vererbt habe, für dich selbst zu nutzen.«

Emiliana setzte den Becher mit dem Tee ab, an dem sie eben noch vorsichtig genippt hatte und sah erstaunt auf.

»Urgroßmutter, ich sei die Behüterin, wurde mir gesagt, nicht die Magierin! Adam ist derjenige, der die Magie benutzen kann und die Elemente befehligt. Naja, zumindest versucht er es...«

»Sieh her!« Mandara zeigte auf Emilianas Arm. Hier prangte wie bei Adam das Siegel, wenn auch sehr viel weniger deutlich als bei ihm.

»Wer das Siegel trägt, kann Magie üben. Ich selbst habe während meiner Studien im Laufe der vergangenen dreihundert Jahre einen Weg gefunden, diese Mächte zu benutzen und ich kann dir zeigen, wie es geht.«

Emiliana sah sie ungläubig an. »Dreihundert Jahre? Wie kann das sein?«

Mandara setzte sich ihr geduldig gegenüber. »Ich bin deine Urgroßmutter. Deine wahren Eltern wurden damals von einem Magier namens Malkier ermordet. Da du jedoch zu höherem bestimmt warst, habe ich dich in die Welt der Menschen gebracht und dich hier alles gelehrt, was du wissen musstest. Deine Menscheneltern haben dir gegeben, was du brauchtest und dich geliebt wie ein eigenes Kind.«

Emiliana klammerte sich an den Stuhl, auf dem sie saß.

»Die, die ich beerdigt habe, waren gar nicht meine wahren Eltern?« Voller Unverständnis blickte sie ihre Uhrgroßmutter an. Diese jedoch nahm das Gesagte hin, als wäre es alltäglich, solch ein Gespräch mit den Urenkeln zu führen.

Emiliana verstand die Welt nicht mehr, viel zu viele Dinge gingen ihr durch den Kopf. Plötzlich kam ihr eine Idee. »Dann bin ich eine Elfe?«

Mandara nickte. »So wie ich eine bin, ja. Wir beide gemeinsam können die alte Macht der Elemente beherrschen und sie zu unserem Eigentum machen. So werden wir Rache üben an denen, die unser Volk einst zerstören wollten!«

Das war nicht ihre Urgroßmutter, dachte Emiliana. Diese Frau, die hier mit ihr am Tisch saß, war ihr völlig fremd. Mandara war immer liebevoll gewesen, hatte beharrlich ein Lächeln auf den Lippen und strahlte Freundlichkeit aus. Was hier vor hier saß und redete, war nur voller Verbitterung und Hass.

Vorsichtig erhob Emiliana das Wort: »Wir dürfen das nicht tun. Wir wären keinen Deut besser, als dieser alte Magier und warum sollen die Menschen Generationen später noch leiden für ein Verbrechen, das sie nicht begangen haben? Das wäre Unrecht! Meine Eltern haben mich so nicht erzogen.«

»Hörst du mir nicht zu, Kind? Das waren nicht deine Eltern, sie waren nur Mittel zum Zweck!« entgegnete Mandara schroff.

»Ich habe Adam versprochen, dass ich an seiner Seite bleibe und das werde ich auch tun - als seine Frau und Behüterin des Wissens!«

Mandara zog ein kleines schwarzes Buch aus einer Schublade und schlug eine Seite auf.

»Schau her, Emiliana! Dieses Buch habe ich dem Magier Malkier damals gestohlen. Sieh doch! Hier steht geschrieben, wie man die Macht lenken und die Energie aus allen Elementen ziehen kann, um dann über alles und jeden zu gebieten!«

Emiliana stockte der Atem.

»Die Geschichte kann und darf sich niemals wiederholen!«, rief sie aufgebracht, riss Mandara das Buch aus den Händen und warf es in die lodernde Flamme, wo es auf der Stelle Feuer fing.

Mandara schrie auf und fing ebenfalls an zu glühen. Funken schlugen aus ihr heraus und mit einem letzten Fluch zerfiel sie zu Staub.

Emiliana stürzte durch die Tür nach draußen und stolperte dabei... über Adam?

Sie war zurück im Palast der Elfen und er saß direkt vor ihr. Glücklich, ihn wiederzusehen, fiel sie ihm um den Hals und küsste ihn leidenschaftlich.

Geklapper und Genörgel ließ sie inne halten, als Tinus und Sven ebenfalls aus dem Portal traten. Ihre Gesichter waren Dreck verschmiert und an einigen Stellen ihrer Rüstung waren Blutflecken zu erkennen. Tinus hatte kleine Schnitte an Hals und Wange. Sven sah aus, als hätte er einen Berg abgetragen. Er stütze sich vornübergebeugt mit den Händen auf seine Knie und atmete schwer.

»Was ist denn mit euch passiert?« Tinus schaute Adam an und entgegnete noch immer aufgewühlt: »Kaum durch das Portal, sind wir auch schon in einen Kampf verwickelt worden. Ganze Heerscharen an Dämonen und sonstigen unheimlichen Kreaturen kamen hielten direkt auf uns zu. Eine Kriegsmacht von vielen Tausend Soldaten stellte sich ihnen entgegen und wir waren mittendrin. Der da,«, Tinus deutete auf Sven, der nun auf den kalten Boden gesackt war und langsam wieder zu Atem kam, »der da ist weit mehr Soldat, als ich es je war. Er hat mir und vielen anderen das Leben gerettet, denn er vernichtete einen Magier, der dabei war, uns mit Feuerbällen, die er um sich warf, auszulöschen. Man

wird es nicht glauben, aber dieser kleine Weindieb hier hat sich von hinten an den Magier herangeschlichen, ihm seinen Magierstab gestohlen und im selben Zuge den Kopf abgeschlagen.« Stolz präsentierte Sven den erbeuteten Magierstab und im selben Moment zerfiel der schwarze mit vielen Runen verzierte Stab vor aller Augen zu Staub. Sven verlor die Farbe aus seinem Gesicht und schaute misstrauisch drein. »Magie!«, kreischte er nun. »Überall nur Magie! Ich verabscheue sie schon fast! Nie weiß man, was wahr und wirklich ist. Das macht einen verrückt!« Wütend stand er auf und stapfte zu dem schweren Tor, durch das sie den Saal betreten hatten. Es war fest verschlossen.
Wutentbrannt trat Sven mit seinem Stiefel dagegen. Das Tor gab quietschend nach. Licht drang herein und Nalani und König Elodiron traten in die Halle.
»Es freut mich sehr, euch alle vier wohlauf zu sehen.«, rief der König, schritt auf Adam zu und nahm ihn bei den Schultern.
»Du bist tatsächlich des Elfenstabes würdig. Folge mir, junger Magier.«
Adam setzte sich in Bewegung und ging mit dem König zu einer Nische in der Halle, die zuvor niemandem aufgefallen war. Elodiron zeigte auf ein Siegel, welches in die Wand gemeißelt war. »Berühre es!«, befahl er. Adam tat, was von ihm verlangt

wurde. Mit einem ohrenbetäubenden Knirschen bewegte sich plötzlich die gesamte Wand und zum Vorschein kam eine Art Schrein.

Hier lag auf einer mit rotem Samt bedeckten Bahre ein langer silberglänzender Stab. Der Stab war mit blauen Ornamenten geschmückt und etwa so lang wie Adams Unterarm. Als er ihn in die Hand nahm, spürte er sein Gewicht kaum. Im oberen Drittel war ein großer Saphir eingelassen, in dem es funkelte, als sei dort eine Lichtquelle eingearbeitet worden.

»Dies ist der Stab der Elfen. Ein Werkzeug der Magie mit unermesslicher Macht. Über Tausende von Jahren haben Magier in ihm Magie gesammelt. Doch nur wer das Siegel trägt, kann diesen Stab auch benutzen.«

Ehrfürchtig betrachtete Adam den Stab. »Wie aktiviere ich ihn?« Er schaute Elodiron fragend an.

»Das, junger Magier, musst du allein lernen. Nur deine Behüterin und das „Buch der Elemente" werden dir dabei helfen können.«

Ohne Umschweife ging Adam mit dem Stab zu Emiliana, setzte sich mit ihr auf einen kleinen Vorsprung und gemeinsam blätterten sie in dem Folianten.

Wie schon zuvor, wenn sie das Buch aufschlugen, offenbarte sich eine neue Seite und diesmal gab sie aufschlussreiche Kenntnisse über den Stab preis. Nur das Kapitel, in dem es um die Nutzung der Magie mittels Elfenstab ging, fehlte. Deutlich aber waren dafür die Reste der fehlenden Seite an einer Abrisskante zu erkennen.

Sven kam auf seinen kurzen Beinen zu den beiden getrottet. Er schien zu ahnen, dass irgendetwas nicht stimmte. »Warum dauert denn das so lange? Ich habe Hunger und Durst und ein heißes Bad wäre auch was Feines! Könnt ihr euer Rätsel vielleicht morgen oder wenigstens oben lösen?«

Nalani trat näher und zu seiner Überraschung pflichtete sie ihm bei. »Der Soldat hat recht. Drei Monde nun seid ihr fort gewesen und wir hatten schon Zweifel, dass ihr je wieder auftaucht.«

»Drei Monde?« Adam riss erstaunt die Augen auf. »Mir war, als seien es nur wenige Stunden. Wie kann das sein?«

Die Elfenkriegerin zuckte nur kurz mit den Schultern. »Mit dem Betreten des Portals seid ihn an neue Gesetze der Zeit gebunden, so kann aus einer Stunde eine Woche oder gar schnell ein halbes Jahr werden.«

Nun drängten sie alle in Richtung des engen Ganges, der hinauf in den Palast führte und nur wenig später saßen sie wieder bei Tisch. Adam stand die Enttäuschung, dass er den Stab nicht zu nutzen wusste, ins Gesicht schrieben. »Wieso fehlt denn hier genau diese Seite?«

Emiliana setzte zu sprechen an: »König Elodiron, in dem Portal bin ich meiner Urgroßmutter begegnet. Sie sagte, sie sei eine Elfe. Ist das wahr? Und stimmt es, dass auch ich eine Elfe bin?«

Der König blickte zu Nalani und diese nickte zaghaft. »Ja,«, antwortete er dann. »Das ist wahr. Meine Schwester Dylana war deine Mutter. Mandara hat dich unmittelbar nach dem Angriff von Magier Malkier auf die Elfen bei den Menschen versteckt und war dann verschwunden. Viele Zyklen lang wurde sie nicht wieder gesehen und irgendwann mussten wir uns eingestehen, dass sie es vielleicht nicht geschafft hatte, sich zu retten. Daher ist es uns eine ganz besondere Freude, dich, Emiliana, hier zu sehen. Du wirst allerdings sehr viel über deine Familie und dein Volk neu lernen müssen.«

»Meine Urgroßmutter hielt während meiner Prüfung ein Buch in ihren Händen und es sah unserem „Buch der Elemente" zum Verwechseln ähnlich. Wie viele gibt es davon?«

»Das, mein Kind, wissen wir leider nicht genau. Diese Bücher sind so alt wie die Zeit. Vor Tausenden von Jahren hatte nahezu jede Elfenfamilie ein eigenes „Buch der Elemente". Doch vielleicht ist dies hier eines der letzten, die noch existieren... Junger Malkier! Erhebt euch und zeigt uns, welche Kraft in euch steckt!« Der König winkte Emiliana und Adam zu sich. »Zeige mir das Element Feuer!«

Adam griff, wie er es geübt hatte, nach der Magie, zog die kleine lodernde Flamme, die in seinem Inneren erschien, zu sich und lenkte sie auf die drei großen Kandelaber, die in der Mitte der Tafel standen. Die Dochte der Kerzen fingen das Feuer. Adam setzte mehr Magie ein und die Kerzen zerflossen wie Wasser.

»Halte an! Das genügt. Wir sehen, du beherrschst als Element Feuer.« In diesem Moment fing das Wachs Feuer und Nalani schrie auf. »Was tust du, Adam?!« Dieser löschte die Flammen mit einem Schwall Wasser. Zurück blieb nur eine Wolke aus dichtem Wasserdampf. Dann setzte der Wind ein und vertrieb die Dampfschwaden.

Elodiron war sprachlos und auch Nalani war wie gebannt. Adam war entgangen, wie die Wachen um sie herum Stellung genommen hatten und ihre straff gespannten Bögen auf sie richteten.

Der König rühre sich »Unglaublich! Du hast bisher nur wenig Wissen von der Magie, kannst kaum unsere Sprache, beherrscht jedoch alle vier Elemente? Solch mächtige Zauberer gab es innerhalb der letzten tausend Jahre nur zwei. Sprich! Wer hat dich das gelehrt?«

Die Wachen senkten ihre Pfeile und Adam atmete

kurz auf. »König Elodiron, verzeiht, ich wollte Euch nicht drohen. Ich weiß gar es nicht, wie ich es mache. Es ist einfach in mir. Ich stelle mir vor, was ich tun will und es gelingt. Naja, leider nicht immer so, wie ich es ursprünglich beabsichtigte... Niemand hat es mich gelehrt. Erst seitdem ich mit diesem hier gezeichnet bin,«, er hob den Arm mit dem Magischen Siegel, »ist es mir möglich, die Elemente nach meinem Willen zu formen."
Der König überlegte und zeigte dann auf Nalani. »Meine Tochter soll dich und deine Freundin Emiliana unterrichten. Meine Bibliothek steht euch zur Verfügung. Sucht dort nach den Antworten, wer die Seite aus eurem Buch gestohlen hat und wo sie zu finden ist. Die Gelehrten unseres Volkes werden dich in der Sprache der Elfen unterrichten und zeigen dir den Umgang mit dem Elfenstab. Auch wenn du ihn jetzt noch nicht nutzen kannst, so gibt es doch viele Dinge, die du darüber wissen solltest. Und, junger Magier, ich bitte dich: zerstöre nichts weiter!«
Unmittelbar nach dem Essen fuhren Emiliana, Adam und Nalani zur Bibliothek. »Eure zwei Soldaten haben ebenso viel zu lernen und üben sich mit unseren Wachen im Schwertkampf und Bogenschießen.« sagte die Kriegerin, während sie durch die breiten von hohen Häusern umsäumten Straßen fuhren. Alles war sauber und aufgeräumt.

Eine Gruppe von Elfen verneigte sich, als die Kutsche vorbeifuhr und sie bogen an einem großen, mit aufwändigen Skulpturen verzierten Brunnen ab. Vor einem riesigen Gebäude blieben sie stehen. Das Haus bestand ganz aus poliertem Marmor. Das gewaltige Vordach, unter dem die Kutsche nun hielt, war flankiert von Marmorsäulen, die mit imposanten Runen versehen waren, ganz ähnlich denen auf dem Elfenstab.

Ehrfürchtig traten sie ein. Jede Stufe, die sie erklommen, war mit Blattgold verziert und überall prangten diese blauen Symbole. Jede Kante, jeder Winkel war akkurat und kunstvoll gearbeitet. Die Schritte der kleinen Gruppe hallten durch die langen Gänge.

Die Flure waren mit Wandteppichen geschmückt. Sie zeigten mutige Helden im Kampf gegen Drachen. Adam konnte sich nicht satt sehen. Bei einem der Teppiche blieb er stehen und bestaunte den dort abgebildeten Mann, der konzentriert den Stab der Elfen hielt. Weißes Licht floss aus dem Stab und ging auf eine Horde Dämonen nieder.

»Diese Bild ist Zeugnis eines Krieges, der vor über tausend Jahren stattgefunden hat. Wie du sieht, junger Magier, gab es den Kampf gegen die Dämonen schon immer.« Adam löste seinen Blick von dem Bild und ging weiter.

Vor einer riesigen vergoldeten Tür blieben sie stehen. Mit einem leisen Knarren schwangen die Flügel auf und eine kleine Gestalt kam eilig auf sie zu.

»Guten Tag, Herrin! Wen bringt Ihr mir da?« Norilon verbeugte sich vor Nalani und berührte dabei mit der Stirn fast den Boden.

Noch nie hatte Emiliana einen Zwerg gesehen. Norilon ging ihr knapp bis zur Hüfte und sein langer weißer Bart war aufwendig geflochten und mit eingearbeiteten Perlen geschmückt. Er trug eine dunkelblaue Robe, die allerdings schon an so einigen Stellen Flicken aufwies. Die Brille mit wirklich sehr dicken Gläsern baumelte an einer goldenen Kette an seiner Brust.

»Das hier sind Adam und seine Behüterin des Wissens Emiliana, Tochter von Dylana.«

Norilon verbeugte sich auch vor den beiden und bat sie einzutreten.

Der große Raum war ringsum mit bis zur Decke reichenden Regalen ausgestattet, in denen unzählige Bücher und Schriftrollen untergebracht waren. In seiner Mitte befanden sich mehrere große und unheimlich schwer aussehende Tische. Auf einem von ihnen, der über und über mit dicken Wälzern und Papier beladen war, brannten Kerzen. Am Tischrand lang eng zusammengerollt eine Katze und schlief. Ihr Fell war fleckig und hatte kahle Stellen.

Man konnte ihr das hohe Alter regelrecht ansehen.

Norilon bedeutete ihnen, sie mögen Platz nehmen und goss jedem Tee ein. Mit einem Wisch fegte er den Tisch leer. Die Katze hatte er natürlich übersehen und die sprang empört auf und verschwand fauchend hinter den Regalen.

»Einfältiges Tier! Es liegt immer dort, wo man es nicht vermutet! Aber nun sprecht: Was führt euch zu mir?« Er schaute fragend in die drei Gesichter.

»Unser junger Magier hier, Adam, er wurde geprüft und hat den Stab der Elfen erhalten, allerdings muss er noch sehr viel lernen und das so dringend benötigte Wissen hier bei dir finden. Außerdem suchen wir ein anderes „Buch der Elemente". Denn in diesem hier fehlt mindestens eine Seite.« Nalani zeigte auf das kleine Buch in Emilianas Händen.

Der alte Zwerg hielt schlagartig inne und starrte auf das Buch. »Wie viele Jahre habe ich so etwas nicht mehr gesehen! Darf ich es sehen? Zeigt es mir!«

Seine Hände zitterten vor Erregung als Emiliana ihm das Buch überreichte. Voller Ehrfurcht schlug er es auf und blätterte darin. Alles um ihn herum schien zu versinken. Nach einer Weile räusperte sich Adam und erklärte: »Eine Seite fehlt und diese Seite beschreibt, wie man den Stab der Elfen richtig benutzt.«

Norilon fiel es sichtlich schwer, seinen Blick von der

Schrift zu lösen und blickte dann aber durch seine Brille auf.

»Ich denke, dass Ihr hier bei mir in der Bibliothek nichts darüber finden werdet. Ein solches Buch gibt es kein zweites Mal. Alle mir bekannten Exemplare sind zerstört worden.«, zögernd gab er ihnen das Buch zurück. »Allerdings gibt es hier natürlich sehr viel von dem Wissen, das Ihr braucht, junger Magier. So kommt von nun an täglich nach Sonnenaufgang und bildet Euch weiter!«

Norilon stand abrupt auf. »So, nun geht. Auch ich habe viel zu tun und der Tag neigt sich schon dem Ende.« Er deutete zur Tür, ließ die drei stehen und verschwand hinter den hohen Regalen.

Die alte Katze strich ihm um die Beine, als Adam den Raum verließ.

NEUE SCHRITTE

Die Sonne begrüßte den neuen Tag. Voller Elan schlug Adam die Bettdecke zurück und trat an das Fenster. Auf einem kleinen Tisch stand ein Tablett mit Frühstück. Kaum hatte er gegessen, klopfte es auch schon an der Tür. Emiliana trat ein und umarmte ihn freudig. »Komm, du Faulpelz, wir haben eine Menge zu lernen!«

Vor dem Palast empfing sie die morgendliche Kühle unter wolkenlosem Himmel. Kaum ein Windhauch ging. Schöner konnte ein Sommertag nicht beginnen. Diesmal nahmen sie den Weg zur Bibliothek zu Fuß. Trotz der Frühe gingen bereits viele Elfen rege ihren Geschäften nach und schauten nur kurz auf, als die zwei vorbeigingen. Emiliana und Adam staunten, wie wunderschön es hier war.

Vor der Bibliothek wartete schon Zwerg Norilon und tippte nervös mit einen Fuß auf den Boden. »Junger Magier, verschwendet nicht meine kostbare Zeit! Kommt und beginnt sofort!«

Diesmal lagen die Papiere penibel geordnet zu einem Stapel auf dem Tisch. Ein gutes Dutzend Bücher schraubte sich übereinandergestapelt wie ein Turm

in die Höhe.
»Setzt euch! Diese Bücher hier, junge Behüterin, sind für Euch, und dies,«, er zeigte auf ein kleines rotes Buch, »dies ist für Euch.« Adam nahm das Buch und schlug es auf. Schnell erkannte er, dass es sich um ein Werk zum Thema Meditation handelte mit dem Titel „Der Weg, die innere Mitte zu finden".
»Erst, wenn Ihr beherrscht, was in diesem Buch geschrieben steht, dürft Ihr in meiner Gegenwart Magie weben. So, genug der Worte, nun fangt schon an!« Leise murmelte er noch weitere Sätze vor sich her und ging dabei ans andere Ende des Raumes, wo er hinter einer kleinen Tür verschwand.
Emiliana sah von ihrem Buch auf und lächelte Adam an. Dieser lernte nun jeden Tag, wie er zur Ruhe finden und sich konzentrieren konnte, um in der Lage zu sein, die Magie kontrolliert zu weben.
Derweil übte Emiliana die Sprache der Elfen. Sie erfuhr viel über die Geschichte ihres Volkes und lernte ihre Gewohnheiten und Bräuche.
Einige Tage später kam Norilon an den Tisch der beiden. »Adam, kommt und zeigt mir nun, was ihr gelernt habt. Dieses Regal dort,«, zeigte er mit dem Finger, »es steht mir schon ewig im Weg. Bewegt es dorthin an die andere Wand.« Fragend blickte Adam ihn an. »Ich darf hier und heute Magie weben?«

»Dürfen? Ihr sollt!« Norilon schaute ihn fordernd an und er schlug sein Buch zu. Adam ging zum Regal und schloss die Augen. Während alles um ihn herum in Stille versank, schlug er die Augen auf und silbrig glänzende Fäden von Magie wanden sich um das Holz. Er band die Magie zu einem Seil und zog mit ganzer Kraft daran. Langsam, Stück für Stück schob er das Regal an die Stelle, die Norilon ihm gezeigt hatte.

Die alte Katze fuhr von dem Lärm erschrocken hinter dem Regal hervor. Adam erschrak und laut krachend prallte das Regal an ein weiteres. Alle Bücher fielen durch den Aufprall wie ein Schwall Wasser auf den Boden und auch das hintere Regal drohte umzustürzen. Eine Staubwolke umwaberte sie und hustend wandte sich Norilon an Adam: »Haltet inne! Schaut nur, was Ihr getan habt!« Entschuldigend sah Adam ihn an. »Verzeiht, aber da war ... die Katze war...«, stammelte er.

Das Gesicht des Bibliothekars lief dunkelrot an. Mit geballten Fäusten fuchtelte er wie wild vor Adam. »Ihr sagt, die Katze sei schuld? Das arme Tier tut nichts und niemanden etwas! Eure Aufgabe war eindeutig und Ihr lasst Euch von einer harmlosen Katze ablenken? Geht, behebt den Schaden! Bis zum Sonnenuntergang ist alles so, wie es vorher war!« Wütend stapfte Norilon aus dem Raum.

»Dumme Katze!« Adam war sichtlich verärgert.
»Was für ein Chaos!«, dachte er bei sich.
Leise kichernd näherte sich ihm Emiliana und umarmte ihn. Adam beruhigte sich augenblicklich und genoss diesen Moment der Zweisamkeit. Dann machte er sich an die Arbeit und schleppte Buch um Buch auf große Haufen, um das Regal erst wieder aufzurichten. Gerade wankte er beladen mit einem weiteren Stapel Bücher zum Schreibtisch, als Emiliana plötzlich aufschrie.
»Was ist geschehen?« Er eilte zu ihr und sah, dass sie die Wand vor ihr anstarrte. Dort hing ein Teppich, der so alt schien, als würde er jeden Moment zu Staub zerfallen. Das eingewebte Bild stellte eine Gebirgslandschaft dar. Mit Runen und dem getreuen Bildnis des Elfenstabes versehen, war hier eine Höhle markiert. In Alter Schrift unter dem Bild lasen sie:

»Hier im Schwarzfels liegt verborgen, was niemand je finden darf. Das Siegel wird der Schlüssel sein.«

»Da ist es! Das ist, was wir suchen, Liebste! Dorthin müssen wir gehen!« Emiliana nickte nur.
»Komm, wir müssen sofort dem König darüber berichten!« Sie hielt ihn fest und sprach mit ernster Miene: »Adam, warte! Ich denke es ist besser, wenn

wir erst dieses Durcheinander hier«, mit ausladender Geste zeigte sie in den Raum, »wieder in Ordnung bringen und danach zum König gehen.«
Adam kam eine Idee. Schweigend ging er zu dem Regal, suchte die Ruhe und den Faden der Magie.
»Du sollst doch nicht...« Emiliana schaute ihn besorgt an, doch Adam hörte sie nicht mehr. Im nächsten Moment richtete sich das Regal auf und die Bücher schwebten wie von Geisterhand zurück an ihren angestammtem Platz. »So, das wäre erledigt. Nun los, komm!« Sprachlos folgte sie ihm.
Sven ließ derweil die Tür hinter sich in das Schloss fallen. Er setzte sich auf das gemachte Bett und langte nach dem Weinkrug, der auf dem kleinen Nachttisch stand. Er war völlig erledigt. Die vielen Stunden auf dem Übungsplatz waren fast unmenschliche Folter.
Viele Jahre nun stand er schon im Dienste seines Königreiches Ellion, viele Jahre gezeichnet von Verzicht, Schmerz und unzähligen Kämpfen. Zahlreiche Wunden trug er bereits zur Schau und sein Haar war schon vor Jahren dünner geworden. Nur noch ein kleiner grauer Kranz am Hinterkopf war ihm geblieben und die tiefen Furchen in seinem Gesicht zeigten deutliche Spuren des Älterwerdens.
Er kippte sich einen weiteren Becher voll Wein und leerte auch diesen in einem Zug.

»Aber diesmal ist es anders, Dämonen und Elfen, dazu noch Magie – das wird mir vielleicht einfach zu viel. Wenn das so weiter geht, falle ich eines Tages wahrscheinlich einfach um!«

Noch während er das dachte, kippte er nach hinten und fing leise an zu schnarchen.

Nur wenige Türen weiter saß Tinus an seinem Tisch und schrieb emsig Berichte für seinen König. All dies war zwar nicht sehr glaubhaft, aber er wollte es einfach auf Papier festhalten. Viele neue Dinge lernte er hier, um seinen nächsten Kampf durchzustehen. Allein die Waffentechnik der Elfen war denen der Menschen weit überlegen. Wenn er mit all diesem Wissen vor seinen König trat und dann auch noch den Magier mitbrachte – der nächste Kommandoposten wäre ihm sicher! Lange schon hatte er davon geträumt, seine eigene Truppe zu befehligen. Bisher waren zahlreiche Auszeichnungen schon sein Lohn, doch war dies nicht sein eigentliches Ziel. Das Schicksal des Magiers kümmerte ihn nicht ernsthaft, doch würde er ihn für seine Zwecke zu nutzen wissen. Nur Sven, Sven würde immer ein einfacher Soldat bleiben, wenngleich er auch mutig war, liebte er eh nur den Wein und die Frauen.

Tinus blinzelte. Er musste dafür sorgen, dass sie endlich nach Ellion aufbrachen.

SCHWARZFELS

Norilon, der gewöhnlich eher ruhige und ausgeglichene Zwerg, nestelte nervös an einem Flicken seiner blauen Robe. So viele Personen auf einmal hatte er in diesem Raum selten gesehen.

Mittlerweile stand fast der gesamte Hofstaat im Halbkreis um den Wandteppich, der hinter dem Bücherregal zum Vorschein gekommen war. Alle redeten durcheinander und die Katze hielt es für angebracht, in die hinterste Ecke der Bibliothek zu verschwinden.

Zwei Gelehrte diskutierten lautstark darüber, was der Wandteppich ihnen wohl berichten wollte und beide hatten natürlich ganz unterschiedliche Theorien.

»ES REICHT!«, donnerte König Elodiron und unterbrach damit das Durcheinandergerede aller Anwesenden.

»Es genügt! Einigen Berichten meiner Späher zufolge fallen immer mehr Dangan-Truppen über die Menschen in den Dörfern her. Selbst kleine Städte können kaum noch standhalten gegen die enorme

Masse an Schattengezücht. Ohne die Macht des Elfenstabes werden der junge Magier und auch wir jedoch nicht gegen die Dämonen bestehen können. Ich werde den Reisenden zehn meiner besten Kämpfer mit auf den Weg zur Höhle geben und ihr findet heraus, ob es dort einen Hinweis auf den Verbleib der fehlenden Buchseite gibt. Außerdem werden wir Truppen sowie zwei Berater zu König Aron senden, denn das Königreich Ellion muss erfahren, was vor sich geht und gewarnt werden. Junger Magier, ich hoffe du bist bereit dank eurer Studien, denn die Zeit drängt!«

Nach dem Mittag sollte es dann soweit sein. Ein Karren mit Zelten und Proviant stand vor dem Schloss.

Norilon versuchte, sich einen Weg durch die Kämpfer zu bahnen. Er schleppte einen Stapel Bücher, den er schwitzend und keuchend ebenfalls auf den Karren lud. »Das ist für den Magier, denn er muss nicht glauben, er müsse während der Reise nichts weiter lernen!«, blaffte er streng. Emiliana nickte dem Zwerg freundlich zu und versicherte ihm, dass sie Adam unterstützen würde bei seinen Aufgaben. So besänftigt ging Norilon zurück in seine Bibliothek und setzte sich auf einen der alten knarrenden Holzstühle. Der weiche Bezug aus rotem Damast war bereits an der einen oder anderen Stelle abgerieben, doch Norilon mochte diesen Stuhl. Er genoss die Ruhe, die nun hier ein seinem Reich wieder einkehren sollte und die Katze wuselte an seinen Beinen und verlangte ihre Streicheleinheiten.

Der Tross setzte sich langsam in Bewegung. Die Sonne hatte noch nicht ihren höchsten Punkt erreicht, da fing Sven auch schon wieder zu murren an. »Wieso haben wir denn keine Pferde mitgenommen? Immer dieses Gelatsche!« Widerwillig setzte er einen Fuß vor den anderen. Einer der Elfenkrieger schaute ihn grimmig an und blaffte: »Du bist ein Narr! Die Pferde des Königs sind doch viel zu kostbar, als dass wir sie für diesen Zweck zuschande reiten. Und eure schweren Gäule sind so ausgemergelt, die hätten sicher keine Woche mehr geschafft und wären uns dann vor dem Wagen weggestorben. Seid froh, dass wir wenigstens den Esel haben, sonst müsstest du den Karren ziehen!«

Es war offensichtlich, dass Sven nun Wut hätte platzen können, doch er riss sich zusammen, schluckte und drehte sich dann zu Emiliana, die an Adams Seite ging.

Sie hatte alles mit angehört. Sie zwinkerte ihm unauffällig zu, während sie auf den Krieger deutete und sich unauffällig mit dem Finger an die Stirn tippte. Ein schiefes Grinsen huschte über Svens Gesicht. Mit neuem Schwung setzte er nun weiter ein

Bein vor das andere.
Spät am Nachmittag hielten sie zum ersten Mal an einem Bach. Die hier gewachsenen Weiden spendeten angenehmen Schatten und es wurde ein Lager eingerichtet. Sven setzte sich auf die Kante des Karren und wühlte in den Vorräten herum, bis er einen Krug Wein fand und sich einen Becher voll einschenkte. Tinus' Blick sprach Bände. »Komm endlich her und hilf uns, das Lager aufzubauen! Mach dich nützlich, hol Holz, du versoffener Kerl, du!« Sven verschluckte sich fast am Wein und ging verlegen Richtung Bach, während ihn nun auch die anderen verständnislos anschauten. Die Weiden waren hier größer und viele trockene Äste, die wohl der letzte Sturm von den Bäumen geweht hatte, lagen verstreut. Gerade als er sich nach einem weiteren Geäst bücken wollte, sah er ganz in der Nähe etwas aufblitzen. Neugierig legte er das bisher gesammelte Holz zu Boden und ging näher. Als er den Hügel hinauflief, empfing ihn ein merkwürdig beißender Gestank und würgen kämpfte er darum, dass das Frühstück in seinem Magen blieb. Direkt vor ihm in einem Gebüsch hing ein Gürtel, in dem ein im Sonnenlicht blitzendes Messer steckte. Der Knauf des Messers war kostbar verziert.
Rechts daneben von hohem Gras verdeckt konnte Sven mehrere Körper ausmachen. Ein Schwarm

Fliegen flog auf und erschrocken wich Sven zurück und rannte zum Lager.

Adam sah Sven wild mit den Armen fuchtelnd auf sie zu rennen. Er schien zu schreien, doch noch war er zu weit entfernt und nicht zu verstehen. Aber etwas musste passiert sein, denn normalerweise bewegte sich Sven nicht so schnell.

Ohne dass Adam es so schnell bemerkte, standen die Elfen bereit. Ihre Bögen waren straff gespannt. Auch Tinus und Emiliana sprangen eilig auf und liefen Sven entgegen. Völlig außer Atem und mit panischem Blick keuchte er: »Das müsst ihr euch ansehen, kommt! Leichen! Ein ganzer Berg voller Leichen! Gleich dort hinten.« Er hatte den Satz noch nicht beendet, da lief er auch schon wieder zurück in die Richtung, aus der er gerade kam. Mit gezogenem Schwert folgte ihn Tinus. Die Krieger schwärmten aus und sicherten die Gegend.

Noch immer leichenblass wischte sich Emiliana das Gesicht ab. Wie einige andere auch, musste sie musste beim Anblick der Toten übergeben. Wie Vieh aufgestapelt lagen sie dort im Gebüsch, bestimmt zwanzig Leichen, Männer, Frauen, sogar Kinder. Einigen waren die Gliedmaßen ausgerissen worden, anderen wurde der Kopf gespalten. Es war ein wirklich grausamer Anblick. Betroffen schwiegen alle.

Adam befreite sich aus der Starre, die auch ihn erfasst hatte. »Wir sollten sie anständig begraben, der Gestank lockt die Tiere an.«, und wenige Stunden später zeugte von dem Grauen noch ein Hügel frisch aufgeworfener Erde.
Schweigend gingen sie alle zurück zum Lager. Das feuchte Gras kündigte die einbrechende Nacht an und so saßen sie noch lange beisammen am Feuer und gedachten der Toten.
Emiliana beobachtete Sven interessiert, der mit einem glänzenden Gegenstand in seinen Händen spielte. »Was hast du da?«
»Ach das, das hing dort oben im Busch. Es ist zu schade, um es dort bis in alle Ewigkeit verrotten zu lassen und es nützt den Toten ja nichts mehr. So hab ich es einfach mitgenommen.«
Noch während die erste Wache sich für die Nacht bereit machte, saß Adam am Feuer und studierte das „Buch der Elemente". Emiliana legte bequem ihren Kopf in seinen Schoß.
Wieder hatte er eine neue Seite des Buches vor sich. Er las über Schutzzauber und deren Ausführung und musste sie Sätze erneut lesen, bevor er ihre Botschaften richtig verstand. Die Magie zu greifen und zu halten fiel ihm zunehmend leichter. Wie es das Buch vorgab, wob er nun den Zauber und plötzlich, wie aus dem nichts, erhob sich rings um

das Lager eine Nebelwand, die sich gemächlich wabernd in eine Mauer verwandelte. Die eben noch gut zu erkennende Wache löste sich vor ihren Augen auf.

Ein lauter Schrei ließ alle aus dem Schlaf aufspringen. Sven lief brüllend durch das Lager. Von seinem Schlafplatz stieg weißer Rauch auf. Der Dolch erstrahlte in grellweißem Licht und mit einem lauten Knall wurde es schlagartig wieder dunkel. Von dem Messer blieb nur ein kleines Häufchen Asche zurück.

Sven hatte ein riesiges Brandloch in seiner Hose und man sah das rohe Fleisch seines Beines. Der Dolch hatte an seiner Seite gelegen und er sich im Schlaf daraufgerollt.

Emiliana wusch die Wunde aus und legte ein kaltes Tuch darauf. Äußerst gewissenhaft wickelte sie einen Verband darum.

»Danke.« flüsterte Sven unter Qualen. »Was war das nur für ein Teufelsding? Und was ist das für ein Nebel?«

Ein Elfenkrieger kam angelaufen. »Junger Magier, ich kann die Wache nicht mehr finden. Sie sind wie vom Erdboden verschluckt!« Adam, der trotz der Aufregung noch immer den Zauber aufrecht erhalten konnte, löste ganz ohne Anstrengung den Nebel auf. Sofort waren auch die zwei Männer, die Wache hatten, wieder zu sehen. »Wo wart ihr? Wir drehten uns um und das ganze Lager war verschwunden, der Platz völlig verwaist. Selbst das helle Feuer war nicht mehr zu sehen. Als hätte es uns nie gegeben!«

Adam lächelte entschuldigend. »Verzeiht, ich trage dafür die Verantwortung, wollte euch aber damit nicht erschrecken.«

»Deine Abschirmung scheint effektiv zu sein, junger Magier.«, rief ein Elf. »Derselbe Zauber hält unser Reich in den Wäldern versteckt.«

Anerkennend nickte Emiliana ihrem Liebsten zu. »Ich vermute, der Dolch war ein Werkzeug der dunklen Macht, daher hat er auf deinen Zauber reagiert. Bleibt zu hoffen, dass wir damit niemanden gerufen haben.«

Adam verstärkte die Wache, wob den Tarnzauber erneut und innerhalb weniger Augenblicke war das Lager wieder hinter der Wand aus Nebel verschwunden.

Am frühen Morgen, Adam saß längst wieder über das Buch gebeugt, kam Tinus zu den beiden. »Sven geht es schlecht. Die Wunde hat sich entzündet.«

Sofort lief Emiliana zu ihm. Sven schlief und auf seiner Stirn prangten Schweißperlen. Er murmelte im Schlaf. Als Emiliana ihn berührte, erschrak sie. »Er glüht ja förmlich!« Besorgt blickte sie auf den Verband, der ungesund schwarz durchtränkt war.

Nun beugte Adam sich über den Soldaten und schloss die Augen. Er griff nach der Magie und konnte durch den Verband hindurch sehen. Er sah deutlich die Muskeln, Sehnen und Nerven. Die Wunde breitete sich tiefschwarz in Svens Körper aus. Er griff nach dem dunklen Bösen - anders konnte er es nicht bezeichnen - und zog daran, ähnlich wie damals in der Bibliothek mit dem Regal. Er sammelte alle Stränge der Schwärze ein und zog sie zurück zur Wunde, wo er sie anschließend zusammengewickelt wie eine Kugel aus dem Körper herausriss. Etwas Düsteres fiel aus der Wunde und verschwand dampfend im Gras. Sven schlug die Augen auf.
»Was ist los? Kann man nicht mal in Ruhe schlafen? Was steht ihr alle hier herum? Und was schaut ihr mich so entsetzt an?«
Wortlos umarmte Emiliana ihn. »Welch ein Wunder, dir geht es wieder besser!« Adam indes kippte bewusstlos zur Seite. Tinus fing ihn auf und ließ ihn langsam zu Boden. Schweißgetränkt klebten Adams Kleider an seinem Leib und sein Atem ging schnell.
»Er hat sich zu viel zugemutet. Er muss lernen, die Magie zu steuern, ansonsten wird sie ihn töten.«, erklärte einer der Elfen. Sie luden Adam vorsichtig auf den Karren, räumten das Lager und zogen weiter. Am Himmel hingen dunkle Wolken und ein kalter

rauer Wind zerrte an der Kleidung der Reisenden. Sie schritten fröstelnd voran. Erst am Mittag schlug Adam die Augen wieder auf und wunderte sich, weshalb er auf dem Karren gebettet lag. Unendlich langsam fiel ihm wieder ein, was geschehen war. Er erhob sich und suchte Emiliana. Er sah sie neben Sven vor dem Karren und sie redete laut auf ihn ein. »Nein, Sven, du bist nicht schuld, wirklich nicht! Mach dir keine Vorwürfe. Adam wird schon sehr bald wieder wohlauf sein!« Der Soldat nickte nur und trabte mit hängenden Schultern weiter. Adam sprang vom Karren und lief zu den beiden. Während er Emiliana liebevoll umarmte, sprach er zu Sven: »Hey, lass die Selbstvorwürfe weg! Wichtig ist allein, dass es dir wieder gut geht. Wer sonst sollte denn den ganzen Wein trinken, den wir geladen haben?« Mit einem gellenden Lachen schlug er dem Soldaten auf die Schulter. »Ich habe wirklich großen Hunger. Wann rasten wir endlich?«

Sie fanden einen geeigneten Platz unter zwei riesigen Eichen, die am Rande eines Feldes standen. Adam erkannte, dass das Getreide auf dem Acker, nahezu reif war. Er überlegte, wie lange sie jetzt schon unterwegs waren. Sven reichte ihm Brot und Käse. Er schlang alles hinunter. »Lass ihn nicht von dir abbeißen!«, rief Emiliana lachend, während sie den Wein eingoss und die Becher herumreichte.

Sven gab Emiliana den Becher schweigend zurück und verlangte nach Wasser. Tinus zog dazu anerkennend eine Braue hoch und nickte.

Wenig später liefen alle eingehüllt in ihre Mäntel, denn der Regen ergoss sich nun schon seit einer halben Ewigkeit über ihnen. Als sie kaum noch einen Fuß vor dem anderen setzen konnten, sahen sie in der Ferne Lichter. Jeder von ihnen hatte gehofft, noch vor Einbruch der Dunkelheit ein Dach über dem Kopf zu haben und dieser Gedanke ließ sie alle nochmals schneller werden. Vor ihnen zeigte sich die Silhouette einer kleinen Stadt mit großen Toren und einer hohen Stadtmauer.

Sie erreichten eines der Tore kurz bevor die Wachen es knarrend verschließen wollten. »Haltet inne!«, rief Adam. Ein kleiner Soldat schob sich hinter dem Tor hervor. »Was wollt ihr noch so spät in der Stadt, Fremde? Wir mögen nachts keine Streuner und Diebe! Geht und kommt bei Tagesanbruch wieder!«

Nun trat einer der Elfenkrieger vor ihn. Er überragte den Aufseher und ließ ihn wie einen Zwerg aussehen. Seine Augen traten ihm fast aus den Höhlen. »Ihr seid ein ELF, ein echter Elf!«, rief er erstaunt. »Ich dachte, Elfen existierten nicht mehr?«

Adam warf ihm eine Münze zu. »Wir suchen ein Quartier für die Nacht, ein warmes Essen und vielleicht sogar ein heißes Bad. Lasst uns ein!« Voller

Ehrfurcht winkte der Wachsoldat sie nun durch das Tor. »Geht zum Wirtshaus „Zur Traurigen Witwe". Dort werdet Ihr eine angemessene Bleibe für die Nacht finden, Herr!« Er wischte sich den Regen aus dem Gesicht, verbeugte sich und schloss dann hinter ihnen mit einem dumpfen Donnern das Tor.
„Zur traurigen Witwe", was für ein toller Name! Hauptsache das Essen schmeckt nicht so traurig!«, murmelte Sven und sie marschierten durch die Straßen einer Stadt, die schon fast vollständig schlief.
Das Wirtshaus war nicht weit vom Tor. Die schöne Fassade und drei Stockwerke machten es zu etwas Besonderem. Über dem Eingang hing ein großes Holzschild auf dem verschnörkelt „Zur traurigen Witwe" geschrieben stand, dazu das Bild einer Frau, die freizügig ihr Dekolleté zeigte.
Die Schankstube war noch gut besucht. Einige Gäste saßen und spielten Karten, andere versuchten ihr Glück bei einem Würfelspiel. Es roch nach schalem Bier und Pfeifentabak.
Auf dem Sims eines übergroßen Kachelofens saß ein Barde und erzählte Geschichten von fernen Welten. Die jungen Leute hörten ihm gespannt zu und bemerkten die Neuankömmlinge kaum. Erst als der Dichter aufhörte zu erzählen, weil er verdutzt die Elfen musterte, drehten sich auch die Gäste zu ihnen um.

Die Gruppe steuerte einen großen Tisch neben dem Ofen an, an dem alle Platz fanden. Eine überaus dicke Frau mittleren Alters mit freundlichem Blick kam aus der Küche auf sie zu und... Sie blieb abrupt vor ihnen stehen und blickte skeptisch auf die Elfen.
»Guten Abend, die Herrschaften! Gern bringe ich Euch Speisen und Getränke, aber die Köchin ist schon früh gegangen heut, also kann ich nur noch Reste anbieten.«
»Bringt uns was da ist, gute Frau!«, rief Adam. Die Wirtin verschwand, nachdem sie die Bestellung entgegengenommen hatte, wieder in die Küche. Das Klappern der Würfel setzte wieder ein und der Barde führte seine Erzählungen fort. Ab und an sog er an seiner langen Pfeife und blies kleine Rauchwolken in den Raum.
Die wohlige Wärme hier am Ofen tat allen gut, denn nur wenig Kleidung war bei dem Regenwetter trocken geblieben. Der verlockende Duft des Gewürzweines, den die Wirtin auf dem Tisch abstellte, hob die Stimmung. Als dann auch noch deftiger Braten und eine große Schüssel mit dampfenden Kartoffeln aufgetischt wurden, war sogar Sven wieder glücklich, denn dies war mal etwas anderes, als immer nur Brot und Dörrfleisch.
Eine zarte junge Frau mit blonden Locken und riesig großen blauen Augen brachte Teller und Besteck an

den Tisch, knickste schüchtern und verschwand.
Emiliana bemerkte Svens begehrlichen Blick.
Bereits als die Becher ein zweites Mal mit dem warmen Wein gefüllt wurden, waren auch die Kartoffeln und der Braten verzehrt.
Sven streckte sich auf seinem Stuhl, strich sich über den Bauch und grunzte zufrieden.
Die Wirtin und die junge Dirne räumten den Tisch ab und fragten, ob sie noch weiter dienlich sein könnten.
»Wir benötigen ein Nachtlager.«
Die Wirtin überlegt kurz. »Wir haben nur noch zwei Zimmer frei, wenn euch das hilft. Der Rest kann in der Küche schlafen, dort brennt immer ein wärmendes Feuer. Mehr kann ich Euch leider nicht anbieten.« Adam nickte und sie verhandelten den Preis. Zufrieden entfernte sich die Wirtin.
»Wir übernehmen die Wache und bleiben hier unten. Ihr geht und ruht euch oben aus.«, bot ein Elf an. Sichtlich erleichtert stand Sven auf und ging die große Treppe hinauf. Hier oben war der Boden mit dunkelrotem Teppich ausgelegt, der ihre Schritte dämpfte, und an den Wänden waren auf Hochglanz polierte Leuchter angebracht, in denen dicke Kerzen brannten. Sven nahm das vorderste Zimmer, worin er auch sofort verschwand. Emiliana und Adam traten in das andere Zimmer.

Es war sehr geräumig. Ein großer Waschtisch mit rundem Spiegel und ein großes einladendes Bett dominierten den Raum. Alles war sauber und aufgeräumt.

Das erste Mal nach vielen Tagen waren die beiden nun alleine. Es war schon fast ungewohnt, sich nur zu zweit zur Ruhe zu begeben. Das Wasser, welches von der Wirtin aufs Zimmer gebracht wurde, war noch warm und tat unheimlich gut. Das große weiche Bett war traumhaft und etwas völlig anderes als der harte Boden oder die Strohhaufen vergangener Nächte. Wohlig schauten sie sich in die Augen, als sie nun beisammen lagen.

Emiliana rückte näher an Adam heran. Sie wollte seinen Herzschlag und die Wärme seiner Haut spüren. Er küsste sie sanft. Ihr Körper zitterte vor Erregung. Adam zog sie weiter zu sich und sie liebten sich bis tief in die Nacht hinein. Mit einem glücklichen Lächeln schliefen sie irgendwann ein.

Es klopfte laut an der Tür. Obwohl niemand antwortete trat Sven ein. »Junger Magier!«, rief er. Seine Augen gingen ihm beinahe über als er Emiliana fast nackt bei Adam liegen sah. Sie zog sich müde das Laken bis unters Kinn und lächelte verschlafen. »Junger Magier, die Elfen sind marschbereit und der Karren ist längst beladen.«

»Danke, Sven. Wir kommen sofort.«, stöhnte Adam.

Mit einem kurzen Nicken verschwand der Soldat.
Die Tür war noch nicht ganz in das Schloss gefallen, da lag Adam auch schon wieder bei seiner Liebsten und küsste sie innig. Emiliana befreite sich sanft aus seiner Umarmung und richtete sich auf. Ihre zarte Haut schien zu schimmern. Ihr nackter Körper ließ Adam erbeben.
Erst als auf dem Flur laute Rufen erklangen, hielten die beiden in ihrem Liebesspiel inne. Eine kurze Morgentoilette und schon waren sie unten im Schankraum. Die Wirtin lächelte ihnen wissend zu.
»Na sieh einer an, da hat wohl jemand für Nachwuchs sorgen wollen letzte Nacht!« Adam schaute verlegen drein.
Die Tür der Küche war angelehnt und er konnte einen kurzen Blick auf Sven erhaschen, der die junge Frau vom Vorabend küsste.
»Der brauchte sein Bett auch nicht! Wehe dem! Was sie nur an ihm findet... Na, wo die Liebe immer hinfällt... Ich hoffe nur, er wird dann auch seiner Verantwortung gerecht!« schimpfte die Wirtin.
Adam zahlte die Zeche und fragte: »Habt Ihr vielleicht sogar Pferde zu verkaufen?«
»Geht dort die Straße hinunter, dort wohnt der Hufschmied, der hat immer Pferde zum Verkauf. Wir hier haben dafür keinen Platz. Unsere Scheune ist ja schon zu klein für unsere Gäste, wo sollen wir da hin

mit einem Gaul.«

Adam bedankte sich für die Auskunft, drehte sich zur Tür, rief dann aber noch einmal über die Schulter zurück: »Sven! Komm jetzt!«

Stolpernd stürzte Sven aus der Küche und richtete seine Kleider, während die junge Frau im Türrahmen lehnte und Tränen über ihr hübsches Gesicht rannen.

Der Himmel klarte auf als sie in Richtung Schmiede gingen. Emiliana war, so schien es Adam, über Nacht noch schöner geworden. Allein schon sie anzuschauen machte ihn überglücklich.

Der Hufschmied stand vor seiner Schmiede und beschlug gerade ein Pferd. Vom heißen Eisen steigen kleine Rauchwolken auf, als es angepasst wurde. Mit gekonntem Griff setzte er die Nägel und hobelte dann nur noch kurz mit dem Messer die überstehenden Kanten weg. Dann blickte er endlich auf. »Was wünscht Ihr, Herr?«

»Pferde, Meister. Wir wünschen Pferde zu kaufen! Eines für jeden von uns.«

Argwöhnisch schaute der Schmied in die Runde. «Vierzehn Pferde?«, rief der Schmied erstaunt. »Wo soll ich die denn so schnell hernehmen?«

Einer der Elfen trat vor. »Junger Magier, es genügt, wenn Ihr vier Tiere kauft. Wir können ohne weiteres mit euch mithalten.

»Das schafft ihr sicher?« Adam blickte ihn fragend

an. »Ja, Herr. So wahr mein Name Kenlad ist und ich diese Truppe befehlige.«

»Dann soll es so sein.« Er wandte sich wieder an den Schmied. »Ihr hört? Wir nehmen vier Pferde.«

Der Meister rief einen Stallburschen und wies ihn an vier Pferde zu bringen.

»Für jedes Tier verlange ich fünfzehn Taler!«

»Ich gebe euch fünfzig und ihr legt noch gutes Zaumzeug obendrauf.« Adam zog seine Börse aus dem Gürtel und zählte das Geld ab. Murrend steckte der Schmied die Münzen ein und tat, wie von Adam angewiesen. Sehr glücklich schien er jedoch nicht zu sein mit dem Handel.« Aber Adams Reserven ging langsam zuneigen und so musste er sparsam wirtschaften. Mit dem Kauf der Pferde würden sie nun sicher schnell ihr Ziel erreichen, die Aufenthalte in den Wirtshäusern allerdings mussten sie sich von nun an einteilen.

Es war bereits Mittag, als sie endlich hinaus durch das Tor der Stadt ritten. Die Pferde waren nun mit den Taschen bepackt, so konnte der Esel samt dem Karren in der Stadt bleiben und sie kamen dadurch weit schneller voran.

Die Elfen bewegten sich in gleicher Geschwindigkeit wie die Reiter und zeigten tatsächlich keinerlei Ermüdungserscheinungen.

Immer öfter drehte sich Adam um, als suche er etwas.

Kenlad kam auf ihn zu. „Junger Magier, was ist mit Euch? Ihr seht beunruhigt aus.«

»Ich kann es nicht erklären, aber mir ist, als wenn uns jemand beobachtet.« Kenlad schaute sich ebenfalls aufmerksam um, ging dann aber weiter. Wenig später schickte er zwei seiner Männer, um das Gelände vor ihnen zu erkunden.

Als die Sonne sich dem Horizont näherte, lies Adam das Lager aufbauen. Die Elfen sicherten die Gegend und Sven half Emiliana, das Essen zuzubereiten. Tinus führte nebst Adam die Pferde abseits auf ein Stück Wiese und banden sie dort an die umstehenden Bäume. Als beide zurück ins Lager kamen, brannte bereits ein Feuer. Die übrigen Elfen unterhielten sich leise. Emiliana reichte ihnen das Essen.

Plötzlich bemerkte Adam, wie alle Farbe aus ihrem Gesicht wich. Ängstlich schaute sie ins Dunkel vor sich und verharrte. Die Elfenkrieger griffen nach ihren Waffen. Aus der Ferne hörten sie Äste knacken und die Pferde wiehern.

Ein lautes Summen erfüllte die Luft und ein Pfeil, lang wie ein ganzer Mann und stark wie ein Arm, raste auf Tinus zu, der ihm starr vor Schreck nicht mehr ausweichen konnte. Das Geschoss durchschlug seine obere Brusthälfte und ragte halb aus dem Rücken heraus. Schnell bildete sich ein großer

Blutfleck auf seiner Brust. In Tinus' Augen sah man noch deutlich das Entsetzen, als er zusammenbrach.
Emiliana schrie panisch auf.
Aus der Dunkelheit schälten sich die Dangan auf pferdeähnlichen Kreaturen. Die Pfeile der Elfen surrten schneidend durch die Luft und einige trafen hörbar ihr Ziel. Adam sah erschrocken, dass einer der Dangan zwar schon dreimal getroffen worden war, aber dennoch weiterritt, als wären die Pfeile in seinem Körper nicht der Rede wert.
Panik stieg in ihm auf. Schützend stellte er sich vor Emiliana und Sven zückte das Schwert an seiner Seite.
Adam suchte im Lärm der Schlacht die Ruhe und griff nach der Magie und den Element Feuer. Er sog alle Kraft, die er halten konnte, in sich auf. Dann öffnete er die Augen und suchte sein Ziel.
Eine Gruppe von drei Dämonen näherte sich unmittelbar dem Lager. Er ließ seiner Magie freien Lauf: Aus seinen Händen schossen große gelb leuchtende Kugeln. Sie explodierte bei den Dangan und der erste zerfiel zu Staub. Die anderen zwei hielten kurz inne, bevor auch sie augenblicklich im Dreck endeten.
Adam handelte instinktiv und feuerte eine Kugel nach der anderen ab. Erst als der letzte Dangan vor seinen Augen verglühte, ließ er von der Magie ab und

sackte erschöpft in die Arme seiner Liebsten.

Sven lag getroffen neben dem Feuer und Blut sickerte aus seiner Schulter. All das hier fühlte sich für ihn an, als träumte er. Er wollte zu Tinus eilen, der vor ihm im Gras lag und sich nicht mehr rührte, doch seine Beine gaben nach und er stürzte zu Boden. Mühsam rappelte er sich wieder auf und schleppte sich zu Tinus. Dessen Augen blickten weit aufgerissen starr gen Himmel. Hier kam jede Hilfe zu spät. Tinus war tot.

Sie versammelten sich um den gefallenen Soldaten. Sven kniete neben seinem Kameraden, die anderen gaben ihm die letzte Ehre. Bittere Tränen rannen über Emilianas Wangen und ihre Hand umfasste haltsuchend die von Adam.

Sie begruben Tinus. Besonders Sven litt sehr unter dem Verlust. Er setzte sich an das Grab, sackte in sich zusammen und seine Augen glänzten im Schein des nahen Feuers. Niemand sah wie er weinte. Emiliana berührte ihn sanft und streichelte ihm über den Rücken. Wortlos blickte er auf und vergrub sein Gesicht in ihrer Schulter. Erst als Adam kam, um seine Verletzungen zu untersuchen, lösten sie sich voneinander.

»Lass ab, Magier! Diese Wunde soll auf natürlichem Wege heilen. Die zurückbleibende Narbe soll mich immer an diesen Tag erinnern.« Er drückte den

Rücken durch und schaute beide ernst an. »Niemals mehr lasse ich zu, dass hier noch jemand stirbt. Das schwöre ich euch bei meinem Leben!«
Die Elfenkrieger wiederholten einstimmig seinen Schwur und bis zum Morgengrauen schliefen sie abwechselnd, denn die Gefahr eines weiteren Überfalls war groß.

Adam schlug die Augen auf. Das Lagerfeuer war nahezu vollständig heruntergebrannt, nur noch feine Linien aus Rauch erhoben sich aus der weißen Asche. Emiliana regte sich in seinem Arm. Er streichelte ihr liebevoll übers Gesicht, küsste sie zärtlich und schaute tief in ihre wundervollen grünen Augen.
Der erste Weg führte ihn zu den Pferden, die glücklicherweise noch immer angebunden auf der Wiese standen. Von einem kleinen Baum in der Nähe blitzte etwas auf. Neugierig ging Adam darauf zu und erblickte einen Gürtel, in dem ein reich verzierter Dolch steckte. Genau so eine Waffe hatte Sven fast das Leben gekostet. »Das also hat die Dämonen auf unsere Fährte gelockt.« dachte Adam.
Er ließ den Dolch, wo er war und brachte die Pferde zum Lager, wo alles schon bereit zum Aufbruch war.
Die Elfentruppe behielt diesmal ihre Bögen mit den Sehnen gespannt auf den Rücken und die Köcher mit den Pfeilen waren nicht verriegelt. Sie musste jeden

Moment mit einem weiteren Überfall rechnen.

Sven blickte noch einmal traurig zurück zum Grab und stieg dann auf sein Pferd. An seinem Sattel baumelte Tinus' Schwert. Seine Schulter schmerzte und bei jedem Schritt musste er die Zähne zusammenbeißen. Doch er bestand darauf, dass Adam ihn nicht heilte. Der Schmerz erinnerte ihn an seinen Kameraden.

So ritten sie den ganzen Tag hindurch ohne Rast. Am Horizont zeigten sich tiefhängende Wolken, die in der Ferne dunkler wurden. Sie mussten ein trockenes Lager finden.

Die ersten Windböen trieben den Regen heran, der jetzt auf den harten Lehmboden klatsche und vor ihnen kleine Pfützen bildete. Die Pferde hatten auf dem Untergrund schlechten Stand, also stiegen sie ab und liefen zu Fuß weiter.

Einer der Späher kam gelaufen und berichtete, dass sich unweit vor ihnen eine kleine Höhle befand, die ihnen sicher erschien. Kenlad ließ sich den Weg beschreiben und befahl, die Truppe dorthin zu führen.

Der Boden wurde hier steiniger und erste Felsen zeigten sich unter dichtbelaubten Gebüsch. Eine Felswand erhob sich vor ihnen und der Stein war schwarz und glatt. Erschöpft erreichten sie die Höhle.

TRUNAN

Mühsam versuchte Sven eine Fackel zu entzünden. Es gelang ihm nicht, denn alles hier war viel zu feucht, um zu brennen. Fluchend warf er das Holz in die nächste Ecke. Plötzlich schwebte eine kleine weiße Kugel in der Luft und erleuchtet den Platz vor der Höhle. Adam schickte die Kugel durch die dunkle Öffnung.

Mit lautem Kreischen sprang ein Dangan auf die Gruppe zu. Mit einem schwarz glänzenden überlangen Schwert in der krallenartigen Hand sackte die dunkle Gestalt direkt vor Adam zusammen. Auf dem nassen Boden breitet sich übelriechend das Blut des Dämons aus und sein Kopf blieb rollend darin liegen. Die Pferde scheuten vor dem Gestank und waren kaum zu halten.

Sven wischte die Klinge an der Kleidung des Dangan ab und blickte mit einem zufriedenen Lächeln zu Emiliana und Adam. Anerkennend nickten die Elfen ihm zu. Erst jetzt begriff Adam, dass der Soldat ihm das Leben gerettet hatte. Er dankte seinem Freund herzlichst.

Nachdem sie den Kadaver des Dangan weggeschafft hatten, betraten sie nun völlig durchnässt die Höhle.

Die Bestie musste schon eine ganze Weile hier gewartet haben. Überall lagen Knochen von Tieren verstreut und die Feuerstelle hatte reichlich Holz verbrannt. »War es ein Kundschafter? Aber wen oder was suchten sie dann?«, fragte sich Adam.

Später studierte er gemeinsam mit den Elfen nochmals die Karte. Kenlad tippte mit dem Finger auf die Zeichnung. »Wir müssten ungefähr hier sein. Das bedeutet, dass die Höhle des Schwarzfels nicht mehr sehr weit ist. Ich denke, in ein bis zwei Tagesreisen können wir da sein, wenn wir zügig und ohne weitere Zwischenfälle vorankommen.«

Müde vom kürzlich Erlebten schliefen sie alle ein bis auf Sven, der die Wache übernahm.

Der nächste Morgen weckte sie unsanft mit Blitz und Donner. Es regnete so stark, dass sich unmittelbar neben der Höhle bereits ein kleiner Fluss gebildet hatte, der kleine Steine mit sich führte. Es blieb dunkel und sie mussten ein Feuer entzünden, um sehen zu können.

Die Pferde standen unruhig im hinteren Ende der Höhle und ihre Hufe scharten über den harten Stein.

»Wir werden warten müssen, bis das Unwetter vorüber ist. Auf solch felsigem Untergrund ist es mit den Pferden zu gefährlich.«, schnaubte Kenlad.

»Der Elf hat recht.«, rief Sven laut, um den grollenden Donner zu übertönen. »Ich bin in den

Bergen aufgewachsen. Es ist zu gefährlich, bei einem solchen Wetter weiter zu reisen."« Er stand auf und verschwand in der Dunkelheit. In seiner rechten Hand trug er einen Elfenbogen.

»Wo gehst du hin?«, rief Emiliana ihm besorgt hinterher. Aus dem Dunkel ertönte nur noch gedämpft: »Wir müssen doch was essen!«

Nur wenig später war er beladen mit einem kleinen Wildschwein wieder zurück. Seine Kleider waren tropfnass und dort, wo er stand, bildete sich eine Pfütze voll Regenwasser. »Es ist mir fast von selbst in die Schussbahn gelaufen.«, amüsierte er sich.

Fachgerecht zerlegte er das Schwein und alsbald hing das schöne Stück Braten über dem Feuer. Zischend tropfte das Fett in die Glut. Ein wirklich köstlicher Geruch verbreitete sich schnell in der gesamten Höhle. Selbst Emiliana freute sich über diese gelungene Abwechslung in ihrem sonst eher tristen Speiseplan.

Während des Essens vernahm man vom Soldaten ein lautes zufriedenes Schmatzen. Nebenher trank immer wieder einen kleinen Schluck aus seinem Becher und sah dabei überaus glücklich aus.

Geduldig briet Sven all das Fleisch von dem Schwein fertig und verpackte es gut für die weitere Reise. Den Rest des Tages verbrachten sie in der Höhle. Adam lernte zusammen mit Emiliana aus dem „Buch der

Elemente". Die Elfen richteten ihre Ausrüstung. Nur Sven schlief schon bald den Schlaf der Gerechten und grunzte dabei so unmenschlich laut, dass einer der Elfen entnervt einen kleinen Stein nach ihm warf. Wütend schrak er auf. »Was ist los? Weshalb bewerft ihr mich mit Dreck?«. Fragend blickte er sich um. »Undankbares Pack! Das Essen besorgen darf ich, doch wenn man auch mal seine Ruhe haben will, geht das nicht!« Schnaubend drehte er wieder um und kurz darauf setzte das leise Schnarchen erneut ein. Die Elfen lachten und führten ihre Gespräche fort. Indes übte Adam mit dem schwarzen Gestein, welches hier in einer Vielzahl herumlag. Der schwarze Stein war wie Glas und ebenso glatt. Schlug man ihn fest an die Wand, zerplatze er regelrecht in unzählige kleine feine Splitter, die messerscharf durch die Gegend flogen.

Er nahm etwas Magie in sich auf und konzentrierte sich auf eine Gruppe von Steinen in unmittelbarer Nähe. Gemächlich rutschen die Steine aufeinander zu und berührten sich dann schließlich. Immer höheren Druck übte er auf die Steine aus, bis sie zu glühen begannen. Seine Magie ermöglichte es ihm, in das Material hinein zu schauen und entdeckte Erze, die in Gesteinsbrocken eingeschlossen waren. Er fügte weitere Steine zu dem Haufen dazu und suchte jetzt gezielt nach dem dunklen Erz. Solch ein Metall hatte er noch niemals gesehen, doch instinktiv wusste er, dass er damit arbeiten konnte. Er merkte nicht, dass ihn die anderen aufmerksam beobachteten.

Es wurde sehr warm in der Höhle, denn das Gestein strahlte eine unerträgliche Hitze aus. Doch das kümmerte Adam jetzt nicht. Seine Aufmerksamkeit gehörte allein diesem dunklen Erz. Er trennte immer mehr davon aus diesem Stein und formte es zu einem Schwert. Der Griff und der Handschutz waren aus Stein, in dem sich schimmerndes Gold befand. Die Parierstange wand sich durch den Griff, als wäre sie eine Schlange. Das Ende der Stange mündete in einem Schlangenkopf und zwei Rubine bildeten die Augen. Die Runen auf der Klinge versah Adam mit dem restlichen Gold und so nahm die Waffe seine einzigartige Gestalt an.

Mit einer abrupten Armbewegung fegte er das verbrannte Gestein beiseite und zum Vorschein kam ein wunderschönes Schwert. Es strahlte, als hätte es eine ganz eigene Aura. Klirrend fiel die Waffe vor Adam auf den Boden. Allen verschlug es die Sprache.

»Ich wusste gar nicht, dass du zu so etwas fähig bist!«, rief Emiliana aufgeregt und betrachtete staunend das Schwert.

Adams Hände umschlossen den Griff und hielten es hoch. Sofort flammten die Runen auf seinem Arm und die auf dem Schwert auf. Ein grellweißer

Lichtbogen entfuhr der Waffe und riss ein riesiges Loch in die Höhlenwand. Steinbrocken fielen polternd von der Decke und jedermann versuchte, so gut es ging, in Deckung zu gehen.

Adam ließ das Schwert fallen und augenblicklich erlosch das Licht.

Vom Staub hustend näherte Sven sich ihm. »Willst du uns alle töten, Magier?«, schrie er fast.

»Ich hatte doch keine Ahnung, dass so etwas passieren würde.«, stammelte Adam. Zögernd bückte er sich erneut. »Adam, nein! Tu es nicht! Du wirst uns hier noch alle begraben!« Emiliana wich ängstlich von ihm fort.

Der Griff fühlte sich warm an. Das Schwert sah aus, als würde es aus schwarzem Glas bestehen und wog fast nichts. Dann glühten auch schon wieder die Runen und verbanden sich erneut mit dem Siegel auf seinem Arm. Diesmal aber setzte er seine Magie ein und versuchte, damit die Kraft des Schwertes zu lenken. Nur mit Mühe gelang es ihm, den gewaltigen Energiefluss zu stoppen. Die Runen erloschen und er konnte das Schwert durch die Luft schwingen, ohne dass etwas geschah. Er vollführte immer mutigere Manöver und stieß dabei versehentlich in den Fels. Das Gestein gab nach als wäre es aus Butter.

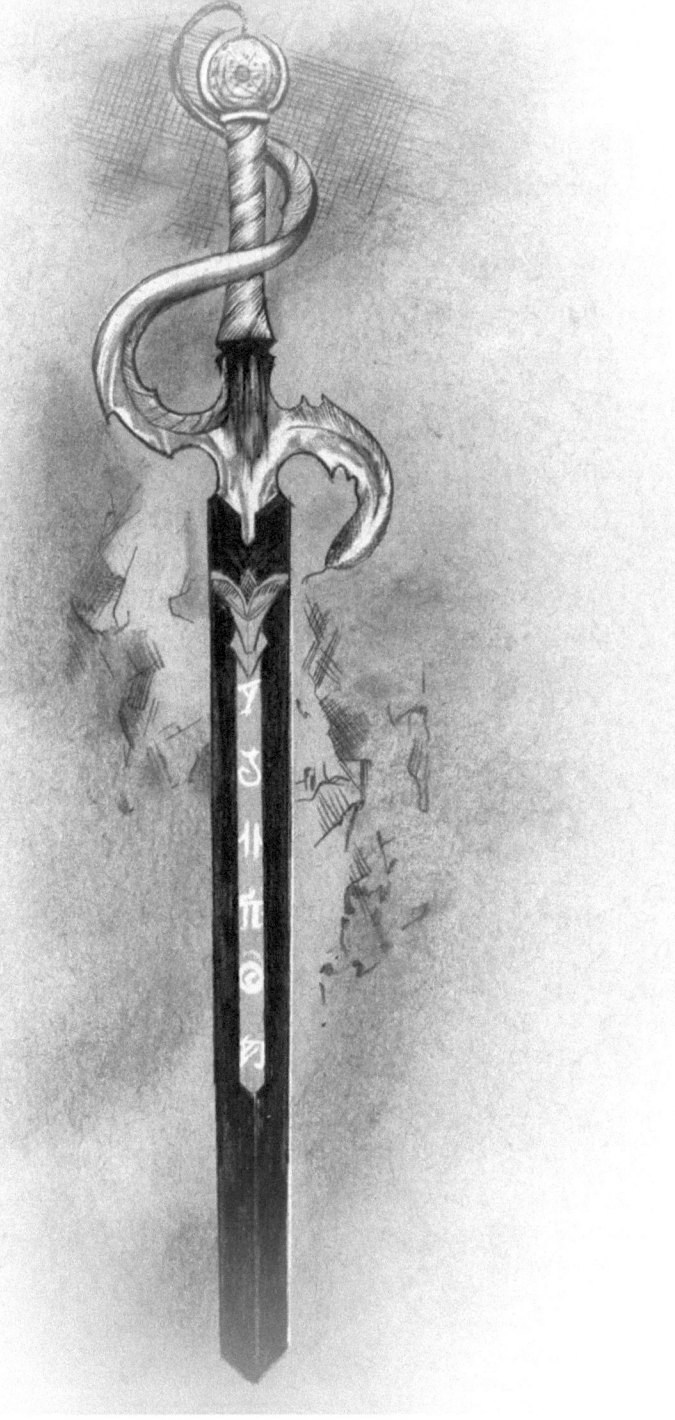

Erstaunt rissen die Elfen die Augen auf. »Von einer solchen Waffe haben wir noch niemals gehört! Wieso habt Ihr sie geschaffen?« Kenlad war sichtlich überrascht.

»Ich weiß es selbst nicht, es war einfach da. Ich habe die fertige Waffe vor meinem inneren Auge gesehen und sie dann einfach so geformt.«

Sven kam jetzt wieder näher, berührte das Schwert voller Ehrfurcht und bestaunte die Beschaffenheit. Dann schüttelte er aber nur den Kopf und murmelte vor sich hin, während er sich wieder ans Feuer setzte: »Magie, alles nur Magie! Wo soll das alles nur hinführen...«

ZWERGE

Der nächste Morgen brachte Licht. Die aufgehende Sonne schickte ihre wärmenden Strahlen in die Höhle.
Gut gelaunt und voller Elan fütterte Sven die Pferde und kümmerte sich Sven um das Frühstück.
Abseits der Höhle hatte er Nester von Rebhühnern gesehen. Die Vögel machten einen Riesenlärm, als Sven ihre Nester nun plünderte. Mit einem Hut voll Eier kam er aus dem Gebüsch und steuerte auf die Höhle zu.
Dann sah er sie. Eine kleine gedrungene Gestalt lungerte mitten vor dem Höhleneingang herum. Sven zog sein Schwert und schlich sich leise an den Eindringling heran. Aus dem Augenwinkel bemerkte er, dass auch die Elfen ihre Bögen in Anschlag brachten und nahmen ihn ins Visier.
Der Zwerg war kräftig gebaut, er hatte ein breites Kreuz und seine Oberarme waren ordentlich muskulös. Sein braunes Haar trug er sorgsam mit edlen Perlen und Steinen geflochten. Auf dem Rücken hielt er eine gefährlich aussehende doppelschneidige Axt und an seiner Seite baumelte ein Dolch.

Die kleinen dunkeln Augen sahen aus wie leuchtende Steine und die große knollenartige Nase rundete das Bild ab. Sein Alter konnte man nur schwer bestimmen.
Sichtlich überrascht sah nun auch der Zwerg den Soldaten und für einen Moment trafen sich ihre Blicke.
»Was sucht Ihr hier an unserem Lager?«
Gereizt zeigt der Wicht auf die Rebhuhn-Eier. »*Du* hast *mich* doch um *mein* Frühstück gebracht! Das hier ist mein Jagdgebiet!«
Dieses Streitgespräch lockte Adam aus der Höhle. Der zog die neue Klinge und augenblicklich fiel der Zwerg vor ihm auf die Knie. Er wagte nicht, aufzublicken und stotterte mit geneigtem Haupt: »Ihr tragt das Schwert Trunan! Seid gegrüßt, edler Herr und Magier! Ich will Euch zu Diensten sein!«
Adam wusste nicht, wie ihm geschah. »Wer seid Ihr? Und wer oder was bitte ist Trunan? Erhebt Euch und tretet näher!«
Zögernd stand der Zwerg auf, klopfte sich den Staub von den Beinen und ging auf Adam zu.
Emiliana stand jetzt neben ihnen und auch Sven trat, neugierig geworden, dichter heran.

»Nur, wer ein wirklich mächtiger Magier ist, kann das Schwert Trunan halten. Jeden, in dem Machtgier und Böses wohnt, wird es vernichten. Allerdings...«, der Zwerg rieb sich nachdenklich den Bart. »Seit nunmehr tausend Jahren gibt es dieses Schwert nicht mehr. Wie kann es also sein, dass Ihr es hier vor mir tragt?«

»Ich habe es erschaffen.« entgegnete Adam salopp. Der Zwerg, dem nun endgültig alle Farbe aus dem Gesicht wich, klappte den Kiefer auf und die Augen fielen ihm fast aus dem Kopf. Es dauerte einige Zeit, bevor er sich wieder unter Kontrolle hatte.

»Ihr habt ein magisches Schwert geschaffen aus dem Erz, dass wir Zwerge bisher nie zu gewinnen vermochten? Dann seid Ihr weit mehr als nur ein Magier!«, atmete er schwer. »Und ich sehe, Ihr tragt das Siegel! Ihr beide!«. Jetzt wankte der Zwerg sichtlich.

Sven ging auf ihn zu und reichte ihm einen Becher Gewürzwein vom Vorabend. Er war zwar längst kalt, sollte jedoch trotzdem seine Wirkung nicht verfehlen.

Emiliana trat nun ohne Scheu ebenfalls vor den Zwerg. »Du kannst das Siegel sehen?«

Sven nahm ihm den in gierigen Zügen geleerten Becher aus der Hand und schenkte nach. »Wie heißt Ihr, Zwerg?«

»Mein Name ist Brogar. Ich lebe hier mit meinem Clan in den Bergen. Dies hier ist mein Jagdgebiet, doch heute wurde das von dem da«, er deutete auf Sven, »schon geplündert. Und weshalb sollte ich das Siegel der Elemente denn nicht sehen können? Das sieht doch jeder.«

Adam und Emiliana schauten sich an und schüttelten unisono den Kopf. »Also bisher hat es bei Emiliana niemand gemerkt... Brogar, tretet doch zu uns ans Feuer und frühstückt mit uns! Das sind wir Euch schuldig.« Mit diesen Worten griente Adam Sven an.

Am Feuer stellte Adam dem Zwerge jeden von ihnen vor und der staunte nicht schlecht, als er die Elfenkrieger sah.

Als Sven dann auch noch neben den frischen Eiern etwas von dem Schweinebraten auftischte, schaute der Zwerg sichtlich begeistert. Er ließ sich das Mahl schmecken und lud sie zu sich in die Berge ein. »Was sucht Ihr eigentlich im Reich der Zwerge?«

Mit fragendem Blick schaute Adam zu Kenlad, der wiederum holt die Karte und zeigte direkt auf die Höhle im Schwarzfels.

»Was wollt Ihr denn da? Dort gehen dunkle Gestalten um, Dämonen und was weiß ich noch alles! Wir Zwerge meiden diesen Ort. Es heißt, er sei verflucht!«

Wir suchen einen Hinweis auf den Verbleib einer

Seite aus dem „Buch der Elemente" oder hoffen sogar, dass sie dort verborgen liegt.«

Brogar verschluckte sich hörbar und rang nach Luft. »Ihr sprecht von DEM „Buch der Elemente"? Jetzt verstehe ich! Du und deine Behüterin - man redet von Euch schon seit Generationen.«

Kenlad zog die Aufmerksamkeit des Zwerges auf sich. »Ihr kennt den Weg zum Schwarzfels und zu der Höhle?« Brogar nickte nur und griff sich ein weiteres Stück Fleisch. »Von hier aus ist es nicht mehr weit, eine halbe Tagesreise hinter dem Pass und vorbei am Eisenberg. An der Längsseite eines Bergsees findet Ihr die Höhle. Aber seid gewarnt! Dort geht Gezücht um und niemand, der die Höhle betritt, kommt wieder hinaus.« Er leerte erneut den Becher mit dem restlichen Wein und wandte sich wieder an Adam.

»Allerdings... Ihr tragt das Schwert Trunan. Auch wenn es wohl nicht ganz dasselbe ist, schlummerte eine magische Seele in ihm. Damit hättet Ihr eine geeignete Waffe, um gegen die Dämonen zu bestehen, denn Trunan wurde einst von einem mächtigen Magier geschaffen und war stets nur für das Gute eingesetzt worden. Es ist in der Lage, ganze Horden Schattengezücht aufzuhalten. Allerdings benötigt das Schwert viel magische Energie. Um diese zu gewährleisten, muss man einen Zirkel bilden oder über eine große Quelle der Macht verfügen.

Wenn Ihr nicht wohl überlegt, saugt Euch das Schwert sämtliche Lebensgeister aus dem Leib und Ihr endet wie eine trocknete Pflaume.«

Erschrocken blickte Emiliana zu dem Schwert. »Ich verstehe! Der Stab der Elfen ist der Schlüssel.«

Gemeinsam räumten sie das Lager und verließen die Höhle. Der Tag war noch sehr jung. Die frische Luft und die Sonne taten ihnen gut.

Brogar führte sie sicher und schnell um den Berg herum und bald trafen sie wieder auf einem festen Weg. Nun ging es zügig weiter. Ihr Weg führte sie vorbei an einem kleinen Dorf und vielen Feldern bis sie in der Ferne die hohen dunklen Berge sahen.

»Seht dort! Das Reich meines Clans! Der Schwarzfels ist schon seit tausenden von Jahren von Zwergen bevölkert und genauso lange sind wir in seinem Gestein auf der Suche nach seltenen Erzen und Edelsteinen.«

Erst spät am Abend erreichten sie die Höhlen im Berg. Brogar riet ihnen, vor dem Eingang zu warten, während er auf das Tor zuging. Mit einem schabenden Geräusch öffnete sich sogleich eine Tür, in der der Zwerg verschwand.

Kenlad und Adam waren in ihre Karte vertieft, als Brogar wieder erschien. Er war nicht mehr allein. Hinter ihm her lief ein deutlich älterer Zwerg in Begleitung vieler weiterer. Dieser schimpfte und zeterte in einer Tour. »Elfen, Magier und Trunan! Dass ich nicht lache! Du hast sicher wieder hinter den Felsen geschlafen, um dich vor der Arbeit zu drücken, du Faulpelz! Erst vor wenigen Tagen hast du auch schon...«

Der alte Zwerg blieb abrupt vor den beiden Männern stehen, die über die Karte gebeugt standen. Sie blickten auf und grüßten freundlich.

»Mein Name ist Gorm. Ich bin der Clanhäuptling in unserem Berg. Mein nichtsnutziger Neffe hier, Brogar behauptet, Ihr tragt das Schert Trunan! Ist das wahr? «

Adam drehte sich zur Seite und zeigte dem Zwerg sein Schwert. Das ganze Gefolge riss die Augen auf, als sie die Waffe sahen. Wortlos sanken die Zwerge auf die Knie und senkten das Haupt. »Er sagt, er hätte es selbst erschaffen.«, flüsterte Brogar Grom leise zu.

»Bitte! So steht doch auf!«, rief Adam freundlich.

Gorm rührte sich zuerst und schaute Adam ehrfurchtsvoll an. »Ihr seid ein mächtiger Magier. Was erhofft Ihr im Reich der Zwerge zu finden? Ihr könnt hier nicht bleiben mit *denen* dort!« Verächtlich zeigte auf die Elfen. »Seit Jahrhunderten sind wir Zwerge mit denen im Streit, denn einst stahlen sie unseren wertvollsten Besitz.«

Mit böser Miene schaute Kenlad auf den Zwerg

hinab. Man konnte die Spannung förmlich spüren.
»Wir haben Euch nichts gestohlen, verlogener Zwerg!«, zischte Kenlad.
»GENUG!«
Alle Augen richteten sich auf Adam.
»Was vor Jahren vorgefallen ist, weiß ich nicht zu beurteilen. Aber bitte seid so freundlich und erklärt uns den Weg zu dieser Höhle.« Adam hielt Gorm die Karte hin.
»Ja, dahin gehört dieses heuchlerische Elfenpack!«, keifte Gorm. Drohend schritt Kenlad auf den Zwerg zu, doch Emiliana schob sich schnell zwischen sie. Ihr flehender Blick traf Gorm und der schaute auch sofort wieder auf die Karte. »Marschiert in diese Richtung dort, dann trefft Ihr auf einen See. »Hier,«, Gorm tippe mit dem Finger auf die Zeichnung, »hier ist der Eingang zur Höhle. Aber seid wachsam! Allerlei düstere Wesen treiben sich dort herum. Besser, Ihr schickt nur die Elfen. Es wäre kein Verlust, wenn sie...« Kenlad durchbrach die Barriere, die Emiliana und Sven bildeten. Nun standen die beiden sich direkt gegenüber. Zitternd vor Wut hob der Elf sein Schwert.
Plötzlich verwandelte sich die Waffe in winzig kleine Sandkörner. Sie rieselten durch Kenlads Finger auf den Boden und der Elf schaute verdutzt. Seine Hände waren leer.

»Ich sagte, es ist genug! Euer alter Streit hilft uns nicht! Und Gorm, das gilt auch für euch!«, drohend ergriff Adam Trunan. Die Runen leuchteten sachte auf. Sofort beugte der Zwerg das Knie und alle, die bisher schweigend zusahen, taten es ihm gleich.

Wenig später machten sich die Gefährten auf den Weg zur Höhle. Auf direktem Wege mitten durch die vielen Felsen zu reiten, daran war nicht zu denken.

Sven trottet neben Kenlad her und sah ihn besorgt an. Der Elf hatte es noch immer nicht verwunden, dass Adam sein Schwert dem Erdboden gleichgemacht hatte. Der Schrecken stand ihm deutlich ins Gesicht geschrieben. Sven stieß ihm den Ellbogen in die Rippen.

»Was willst du von mir?«, knurrte Kenlad mürrisch. Er machte sich nicht einmal die Mühe, Sven anzuschauen. Der Soldat trat ihm in den Weg.

»Was soll das? Willst du sterben, Mensch?«

»Es ist nur so...« Sven trat zur Seite. »Ich dachte, das hier könntet Ihr vielleicht brauchen? Es war das Schwert meines Kameraden Tinus. Ich denke, es wäre in seinem Sinne, wenn Ihr es bekommt und ruhmreich weiter führt.«

Gerührt blieb der Elf stehen, schaute auf Sven herab und legte dann freundschaftlich seine Hand auf dessen Schulter. »Verzeiht, mein Verhalten war respektlos. Dieses Schwert zu tragen, soll mir eine

Ehre sein! Ich danke euch.«

Kenlad befestigte das Schwert an seinem Gürtel und schritt stolz voran.

»Emiliana! Sieh doch!«, flüsterte Adam. In einiger Entfernung lag der See. Sein Wasser war schwarz wie die Nacht. An einer kleinen Anhöhe erkannte man den Eingang zur Höhle. Nichts regte sich. Kein Vogel war zu sehen geschweige denn zu hören. Es war gespenstisch still hier.

Adam lief ein Schauder über den Rücken und Emiliana sah ebenfalls voller Furcht vor weiteren Dangan zur Höhle. Adam gab das Zeichen zum Halten. Die Elfen legten ihre Pfeile an und gingen in Stellung.

Vorsichtig und lautlos schlichen sie um den See herum. Adams Hand umschloss fest das Schwert Trunan. Er versuchte, aufmerksam zu sein und hielt die Magie.

Wie aus dem Nichts schoss eine weiße Scheibe puren Lichts auf einen der Elfen zu. Dieser fiel geräuschlos in zwei Teile geteilt ins hohe Gras. Blankes Entsetzten stand in den Augen der Elfen. Sofort gingen sie in Deckung.

Adam ließ seine Energie in das Schwert fließen. Die Waffe glühte auf und wie schon in der Höhle zeigte sich ein gleißender Lichtstrahl und flog in die Richtung, aus der er das Licht hatte kommen sehen.

Donnernd zerbarst der Felsen vor der Höhle und es eine Gestalt, weit größer als eine Elf, richtete sich auf. In ihrer Hand erkannte man einen langen schwarzen Stab.

Erneut flog eine weiße Lichtscheibe auf die Gruppe zu. Diesmal prallte sie an einen Fels. Dieser explodierte förmlich, so dass Steine auf sie herabregneten.

Adam sammelte alles, was ihm an Magie zur Verfügung stand, und lies es in das Schwert fließen. Er spürte, wie viel Kraft die Waffe ihm abverlangte. Als Emiliana ihn berührte, war ihm, als würde mehr Macht auf ihn zufließen. Er löste den Lichtblitz aus und dieser schoss in einem unglaublichen Tempo auf die dunkle Gestalt zu.

Ein ohrenbetäubender Knall gefolgt von einem gigantischen Blitz lies die Erde beben und im selben Moment riss eine Druckwelle alle zu Boden.

Dort, wo zuvor der dunkle Magier stand, klaffte nun ein riesiger Krater.

Die Elfenkrieger kämpften unermüdlich gegen herandrängende Dangan, während Sven sich plötzlich einer wolfsähnlichen Kreatur gegenüberstehen sah, die fast so groß war, wie er selbst. Rotglühende Augen fixierten ihn. Er wich zurück, stolperte über einen Felsvorsprung und kippte nach hinten. Sofort wollte der Wolf sich auf den Soldaten stürzen.

Machtlos sah Sven den Wolf auf sich zu kommen, da hörte er Adam, der laut pfiff und ihm Trunan zuwarf. Er fing das Schwert mit beiden Händen und streckte es dem Wolf entgegen. Die Klinge durchschnitt die Kreatur, sie löste sich in dunklen Nebel auf und verschwand. Sven richtete sich mühsam auf und gab Adam das Schwert dankend zurück.

Ruhe kehrte ein.

Zwei Elfen hatten den Kampf nicht überlebt, Sven trug nur leichte Verletzungen von dem Sturz davon und Adam konnte sich nur mit Mühe auf den Beinen halten. Überall lagen tote Dangan und ihr Blut zischte auf dem Felsboden. Der Gestank war unerträglich. Adam mahnte zur Eile, denn er wollte nicht länger als unbedingt nötig an diesem Ort bleiben.

Der Eingang zur Höhle war stellenweise eingestürzt von den Explosionen.

Kenlad trat an Adams Seite. »Das war ein dunkler Magier. Die verachten alles und jeden.«. Er bückte sich nach etwas, das vor ihnen im Staub lag. Es war ein kümmerlicher Rest des Stabes, den der Magier in der Hand gehalten hatte, fast armlang und scheinbar aus demselben Material geschaffen wie das Schwert Trunan. Auf dem Schaft waren weiße Runen eingelassen und vermutlich schmückte auch hier einst ein Edelstein den Stab.

Nur wenig später fand Sven einen glänzenden Smaragd. Er war groß wie ein Hühnerei und die Bruchstelle von dem dunklen Stab war deutlich erkennbar. Unbemerkt steckte er sich den Edelstein in die Tasche.

Die Höhle war riesig. Vor ihnen tat sich eine Halle auf, deren Ende nicht zu erkennen war. Ihre Schritte hallten durch die Stille. Als Adam zwei Lichtkugeln gegen die Dunkelheit aufsteigen ließ, verschlug es allem den Atem.

Vor ihnen war eine Art Palast aus dem Fels geschlagen worden. Kunstvoll verzierte Säulen reihten sich aneinander und der Boden war so glatt wie draußen der See. Es schien, als ständen sie mitten in einem einst prunkvollen Thronsaal, denn weit hinten in der Halle war ein gigantisch anmutender Herrschersitz zu sehen. Dieser war über und über mit goldenen Zeichnungen versehen, in denen kunstvoll große schwarze Runen eingearbeitet waren. Überall lagen Unrat und Knochen herum. Spinnweben baumelten von der Decke und verliehen dem Anblick eine gespenstische Atmosphäre.

Auf dem Thron kauerte eine Gestalt, nein, ein Knochengerüst. Die Kleidung hing in Fetzen herab und ein gewaltiger Speer steckte in seiner Brust. Der

Größe nach musste dies einst ein Zwerg gewesen sein. Sein skelettierter Finger zeigte auf einen Punkt in der Halle.
Adam folgte der Richtung und sah eine Art Plateau. Ein riesiger Kreis lag vor ihm. Dort eingelassen fand er die Runen, die auch seinen Arm zierten.
Zögernd betrat Adam die Fläche und alles erhellte sich. Leuchtende Symbole lösten sich vor ihm aus dem Stein und setzten etwas Neues zusammen. Immer mehr Zeichen strebten auf ihn zu und verdichteten das Gebilde, bis schlussendlich ein fast unscheinbares Blatt Papier zu Boden fiel. Adam hob es auf und verließ den Kreis.

Sie hatten es gefunden. Emiliana nahm das **Pergament** entgegen und versuchte sogleich, es in dem „Buch der Elemente" einzusetzen. Kaum in das Buch gelegt, fügte sich die Seite so selbstverständlich ein, als wäre sie niemals herausgerissen gewesen. Umgehend offenbarte sich der Text vor ihnen und beide lasen aufgeregt, was dort geschrieben stand. Eine Vielzahl an Runen materialisierte sich am Ende der Seite.

»Der Stab der Elfen sei nun dein. Lerne die Zeichen und benutze ihre Macht!«

Sie wandten sind dem Ausgang zu. Adam blickte auf und erstarrte. Vor ihnen standen etliche Wölfe. Aus ihren Mäulern tropfte der Geifer und ihre rotglühenden Augen verhießen blanke Mordlust. Ein jeder zog seine Waffe. Sven ging voraus.

Einer der Wölfe hob sein gigantisches Haupt, sah in Richtung des Soldaten und neigte den Kopf. Die anderen Tiere taten es ihm gleich.

Verwundert ging Sven auf die Bestien zu, die daraufhin, den Schweif eingeklemmt, rückwärts vor in hergingen. Es schien, als hätten sie Angst vor ihm? Niemand verstand, was hier vor sich ging.

Vor der Höhle blitzte ein Licht auf und die Wölfe zerfielen augenblicklich zu Asche. Adam schien jetzt sehr erschöpft. »Sven! Was war das eben? Wieso wichen die Wölfe von dir fort?«

Der Soldat hatte eine Ahnung. Zögernd kramte er den Smaragd aus seiner Tasche und reichte ihn Adam. Kenlad stürzte heran und zeigte auf den Stein. »Das! Das ist ein Stein, den wir Elfen einst von den Zwergen gestohlen haben sollen. Man sagt ihm dunkle Kräfte zu. Die Zwerge fanden ihn im tiefsten Berg. Niemals zuvor hatten die Zwerge so weit unterirdisch geschürft. Mithilfe dieses Steines dann schufen sie Höhlen wie diese hier. Sven, bitte überlasst mir den Stein und wir können Frieden schaffen zwischen dem Elfen- und Zwergenvolk! Wir

würden für immer in Eurer Schuld stehen.«
Ohne zu zögern drückte der Soldat dem Elf den Stein in die Hand und schlug ihm lachend auf die Schulter. »Gern doch, alter Freund!«
Heftiger Regen empfing sie, als sie die Höhle nun verließen. So schnell es ihnen möglich war, entfernten sie sich von diesem düsteren Ort.
Aus dem Augenwinkel bemerkte Adam, wie sich hinter ihnen etwas regte. Erst glaubte er, der Wind spielte ihm ein Streich, doch dann sah er immer öfter einen gedrungenen Schatten hinter dicken Felsbrocken verschwinden. Jetzt sah er eine Schließe eines Gürtels aufblitzen. Nur eine Person, die er kannte, trug einen solchen Gürtel.
»Brogar! Zeige dich!« Der vom Regen völlig durchnässte Zwerg trat hinter den Felsen hervor. »Spioniert Ihr uns etwa hinterher?«
Betreten blickte Brogar sich um. »Naja,«, stammelte er unsicher, »ich bin bei meinem Clan in Ungnade gefallen, weil ich die Elfen zu ihnen geführt habe, und Ihr wisst, ja, wie sie von dem Volk so reden.«
Kenlad machte drohend ein Schritt auf Brogar zu. Der Zwerg duckte sich sofort. Er hatte Angst, der Elf könne ihn schlagen. Doch Kenlad hielt ihn nur am Arm und drückte ihm den großen Smaragd in die Hände.
Brogars Augen traten vor und staunend zeigte er den

Stein herum, als hätte ihn niemand vorher gesehen. »Ihr habt ihn gefunden! Das Heiligtum der Zwerge! Demnach haben die Elfen den Stein gar nicht gestohlen?« Kenlad korrigierte: »Es waren zwar Elfen, die den Stein einst unrechtmäßig an sich rissen, doch sie waren nicht wie wir. Dunkelelfen sind schon vor vielen Jahrhunderten aus unseren Reihen verbannt worden, denn sie waren den dunklen Mächten verfallen. Sie gierten immer schon nach der Kraft dieses Steins.«

»Ich bin euch gefolgt und habe Euch kämpfen sehen.«, räusperte sich Brogar nun. »Ich konnte doch nicht glauben, dass wirklich jemand den Mut aufbringen würde, sich diesem bösen Ort zu nähern...«

Kenlad packte den Zwerg bei den Schultern und schaute ihn fest an. »Kommt, mein Freund, wir wollen der Fehde zwischen unseren Völkern nun endlich ein Ende bereiten!«

ZWERGENVOLK

Gemeinsam mit Brogar standen sie nun wieder vor dem großen steinernen Tor. Als es sich öffnete, schlug ihnen der Geruch von Rauch und gebratenem Fleisch entgegen. Sven seufzte wehleidig und Emiliana brach in Gelächter aus.

Die Reisenden wurden eingelassen und wenig später lag vor ihnen der schmale Gang, der sie tief in den Berg hineinführte. In korrektem Abstand waren Kristalle in die Wand eingelassen, die zwar nur ein schwaches Leuchten abgaben, aber dennoch ausreichten, um den Weg gut erkennen zu können. Die Elfen mussten gebückt gehen, um nicht mit den Köpfen an die Decke zu stoßen. Schon nach kurzer Zeit eröffnete sich vor ihnen eine riesige Halle. Soweit das Auge reichte, waren ringsum in den Wänden beleuchtete Höhlen geschlagen und hier unten auf dem spiegelglatten Boden tummelten sich unzählige Zwerge. Es ging zu wie in einem Haufen Ameisen.

Die Zwerge verstummten schlagartig, als sie die Elfen sahen. Eine lange Reihe Miniaturkrieger marschierte auf, ihre beidseitigen Äxte hoch über ihren Köpfen erhoben, und machten sich bereit zum Angriff.

Gorm preschte hervor und schrie außer sich: »Du traust dich trotz deiner Verbannung hierher und besitzt auch noch die Frechheit, die Elfen mitzubringen?«

Brogar kniete vor seinen Clanhäuptling. »Es ist nicht, wie Ihr denkt! Ihr irrt Euch! Sie sind nicht unsere Feinde!«

»Schweig still, dummer Zwerg!«, unterbrach ihn Gorm. »Dich mögen sie vielleicht getäuscht haben, aber mich nicht! Nehmt die Bande fest!«, befahl er seinen Soldaten.

Die Zwerge zögerten. Gorm wollte erneut loswettern, verharrte dann aber in seinem Tun. Vor seinen kleinen dunkeln Augen schwebte der grüne Edelstein. Die Lichter spiegelten sich darin und warfen einen grünen Schimmer in den Saal. Wie verzaubert streckte Gorm seine große Hand nach dem Stein aus, aber der stieg höher und höher und schwebte hin zu Adam, der ihn mühelos aus der Luft fischte.

»Vergesst euren Zorn, Zwerg! Dunkle Mächte haben einst diesen Stein von euch gestohlen und zu einem Werkzeug des Bösen gemacht. Diese hier«, er deutete auf die Elfen, »tragen keine Schuld. Sie sind vielmehr Freund als Feind! Brogar war der einzige, der uns seinen Glauben schenkte und nicht von Hass verblendet war. Er kann bezeugen, was geschah, denn er hatte den Mut uns zu begleiten, wenn auch heimlich. Darum bitte ich Euch: Vergesst euren Groll und vergebt Brogar, denn er wollte niemandem schaden.«

Gorm blickte ungläubig zu Adam und den Elfen. Sich an Brogar wendend stammelte er dann in versöhnlichem Ton: »Ist es, wie der Magier sagt?« Der Zwerg nickte nur stumm und Gorm trat zu den Elfen.

»Im Namen meines Volkes beende ich hier und heute unsere Feindschaft. Ihr habt bewiesen, dass wir im Irrtum waren und wir stehen tief in Eurer Schuld.« Kenlad hockte sich vor den Zwerg und reichte ihm die Hand.

Später saßen sie alle zusammen an einer großen Tafel aus Marmor, die sich unter den reichlich aufgedeckten Speisen bog. Gorm hob einen silbernen Becher. »Ein Hoch auf Brogar, der uns Frieden brachte!«

Sven roch an den Becher. »Was für ein merkwürdiges Gesöff!«, dachte er bei sich. Die Flüssigkeit war mit weißem Schaum bedeckt und roch fremd. Aber wenn die Zwerge das Zeug ungehemmt tranken und noch lebten, konnte es wohl nicht so schlimm sein. Er leerte den Becher in einem Zug. Nachdem er zweimal nachgeschenkt hatte, wandte er sich an Brogar. »Sag mir, Zwerg, was ist das für ein Gebräu?«

»Das nennen wir „Bier". Es besteht aus Gerste und Hopfen und schon viele Jahrzehnte lang brauen wir das zusammen. Manch einer sagt ihm magische Kräfte zu, ich allerdings bin der Meinung, dass die einzige magische Kraft dessen darin besteht, einem am kommenden Morgen Kopfweh zu bereiten.«

Lachend hob er seinen Becher und stieß mit Sven an.

Bis spät in die Nacht hinein saßen sie alle noch und erzählten sich die abenteuerlichsten Geschichten. Sven lag bereits leise schnarchend mit dem Kopf auf dem Tisch, vor ihm sein umgekippter Becher.

Das erste, was Sven am folgenden Morgen sah, war die gleißende Helligkeit in seinem Zimmer. »In seinem Zimmer?« Er kniff die Augen zusammen und schaute sich ungläubig um. Er lag in einem Bett mit strahlend weißen Laken und... Er war nackt!

»Oh, was habe ich nur getan?«, murmelte er. Neben ihm regte sich etwas. Eine kleine Hand kam zum Vorschein aus der Decke lugte eine Zwergin heraus. Ihre großen roten Locken rahmten das Gesicht mit der riesigen Knollennase. Die dicke Warze am Kinn war nicht zu übersehen. Wie er hatte auch sie nichts an. Sie räkelte sich lüstern und schaute ihn an.

Mit einem Satz ergriff Sven die Flucht und stürmte aus dem Zimmer. Beinahe wäre er über die Brüstung in die Tiefe gestürzt.

Neugierig betrachteten ihn die anderen Zwerge, die

ebenfalls auf dem Gang standen und lachten schallend. Er schaute an sich herab und erst jetzt wurde ihm bewusst, dass er ja splitterfasernackt geflohen war. Mit hochrotem Kopf schlich er zurück in das Zimmer.

»He, was ist denn los? Heute Nacht warst du aber nicht so schüchtern!« Sie schob das Laken beiseite. Fieberhaft sammelte Sven seine Sachen zusammen, sprang in seine Hose und rannte erneut.

Was zu viel war, war zu viel! »Was ist gestern nur passiert?«, fragte er sich panisch, während er die Treppe hinab stolperte. Mit jedem einzelnen Sprung von den Stufen kam es ihm vor, als wolle sein Kopf bersten. Er versuchte, den Schwindel und aufkommenden Würgereiz zu unterdrücken.

Unten angekommen traf er auf Kenlad. »Sven, was ist denn los? Wo ist deine Frau?«

»Meine WAS?!« Sven drohte, auf der Stelle in Ohnmacht zu fallen.

»Na, ich spreche von Enga, der Tochter des Murin. Gestern noch hast du mit allem Pompöse um ihre Hand gebeten. Die Ehe wurde auf deinen Wunsch hin, sofort vollzogen wie es Brauch ist bei dem Zwergenvolk. Weißt du denn nicht mehr?«, feixte Kenlad.

Sven hatte ein Gefühl, als versinke er im Boden. Ein plötzlicher Schwindel erfasste ihn, der Magen drehte sich ihm um und er übergab sich direkt vor Kenlads Stiefeln. Der schüttelte sich nun laut vor Lachen. »Und nun bekommt der frisch Vermählte kalte Füße oder wie?«

Sven sackte in sich zusammen und wimmerte nur noch. »Weg! Ich muss hier weg! Bitte helft mir! Wie konnte das nur passieren? Das dumme Bier ist an allem schuld, ich konnte nicht klar denken! Die Heirat muss für ungültig erklärt werden!«

Gorm trat munteren Schrittes zu ihm. »Glückwunsch, mein Lieber! Und ich dachte schon, die Enga bekommt nie mehr einen Mann.«

»Aber Clanhäuptling! Nun hört mir doch zu! Ich war völlig benebelt von dem Bier! Die Heirat ist doch nicht rechtens!«, jaulte Sven auf.

»Was denkst du denn, wie ich meine Frau geheiratet habe? Eine Hochzeit ohne Bier in Strömen ist bei uns Zwergen kaum vorstellbar!« Gorm hielt sich den dicken Bauch vor Lachen, drehte sich um und ließ Sven stehen.

Grinsend sprach Kenlad im Mut zu. »Du hast tapfer gegen Monster gekämpft, so wirst du dieses Abenteuer hier doch wohl auch durchstehen?« Panisch schüttelte Sven den Kopf. »Ich muss Adam finden! Wir müssen sofort hier weg!«

Hinter ihm, nur ins Bettlaken gekleidet, kam Enga angelaufen. »Liebster, wo bleibst du? Nach unserer

Tradition bleiben Frischvermählte drei Tage in ihrem Zimmer und...!« Schamlos deutet sie an, was sie damit meinte. Sven schluckte den Kloß in seinem Hals hinunter und lief so schnell ihn seine kurzen Beine trugen und schrie »AAADAAM! Hilf mir!«
Engas Gesichtsausdruck verhieß jetzt nichts Gutes mehr und schimpfend verfolgte sie den flüchtenden Soldaten. Sie wollte ihren Mann!
Gelächter ging durch die Reihen der Zwerge und Elfen. Von dem Geschrei geweckt trat Adam vor seine Zimmertür. Wie von Sinnen kam Sven direkt auf ihn zugerannt und rüttelte so sehr an ihm, das Adam drohte, das Gleichgewicht zu verlieren. »Sven, so beruhige dich doch! Was ist los?«
»Was los ist?«, schrie er außer sich. »Unsere angeblichen Freunde haben mich verkauft an so eine Zwergenhexe! Hilf mir, zu fliehen! Ich flehe dich an, Adam! Bitte!«, bettelte er weinerlich und drehte sich suchend um, ob Enga schon in unmittelbarer Nähe war. Jetzt erschien auch Emiliana in der Tür, um zu sehen, was vorgefallen war.
Schon Enga kam die Treppe heraufgefegt und grapschte mit beiden Händen nach Sven. »Du kommst jetzt wieder mit oder ich breche dir alle Knochen!«, fauchte sie böse. Sven quiekte auf vor Angst und schaute flehend zu Emiliana. »Haltet inne!«, rief sie Enga zu. »Was hat unser Soldat denn

angestellt?«

Wütend fuhr sie Emiliana an »Er hat mich geheiratet! Auf Knien hat er gebettelt und ich habe mich erweichen lassen, denn schaut doch genau hin: Klein wie er ist geht er doch locker für einen Zwerg weg! Und im Bett taugt er ebenfalls.« Sven schoss die Röte ins Gesicht.

»Enga, so zeigt mir doch erst, ob das so geschrieben steht, dann stehe ich Euch bei und freue mich mit Euch. Bis dahin aber sollte Sven in unseren Diensten bleiben!«

Sven fiel hörbar ein Stein vom Herzen und er zischte gehässig: »Das dumme Schaf kann doch sicher nicht mal lesen!« Er sah die Hand kommen, die ihm brutal ins Gesicht klatschte. »Au verdammt!« Er duckte sich, um einem erneuten Schlag auszuweichen. „Von wegen Schaf! Sehr wohl kann ich lesen! Warte, mein Lieber, dich werde ich schon noch erziehen! Ab heute wird alles anders für dich, das verspreche ich!« Mit dem Fuß aufstampfend drehte sie sich um und ließ die drei ohne ein weiteres Wort stehen.

»Sven, was hast du denn nur angestellt? Für sowas fehlt uns die Zeit!« Adam schaute ihn vorwurfsvoll an.

»Verzeih, Magier! Ich war völlig betrunken und wusste nicht, wie mir geschieht.« Jetzt wimmerte er wieder. »Was habe ich nur getan...?« Emiliana nahm

ihn bei der Schulter, zog ihn in das Zimmer und setzte ihn auf einen Sessel. Dankbar nahm Sven das kalte Wasser, das sie ihm reichte, entgegen und trank in großen Schlucken.
Nur wenig später kam Enga mit Gorm und drei weiteren Zwergen im Schlepptau zurück. Wütend warf sie Sven eine Papierrolle vor die Füße. »Lies selbst!«, befahl sie schroff.
Adam bückte sich nach dem Papier, rollte es aus und studierte das Dokument. Die Schrift war der der Elfen nicht unähnlich, somit war es für Adam kein Problem, die Sätze sinnvoll zusammenzusetzen. Sogleich hellte sich sein Gesicht auf, während er den ziemlich am Ende stehenden Passus überflog. Er zwinkerte Sven aufmunternd zu, spazierte gemächlich zu seinen Sachen, zog 20 Goldtaler aus der Börse und reichte sie Sven. Der schaute ihn völlig verdutzt an.
»Was jetzt? Gibt es auch noch eine Mitgift oder wie?« Sven glaubte schon alles verloren, aber Adam sprach: »Gib ihr das Geld, dann bist du frei!«
Unsicher ging er auf die Zwergin zu. »Hier! Nimm!« Alle Farbe wich aus ihrem Gesicht. »Ich will das nicht!«, schrie sie wie von Sinnen. »Ich will meinen Mann!«
Mit dem Papier in der Hand trat Adam an Gorms Seite. »Schaut her, hier steht: Wenn man innerhalb

von 3 Tagen eine Summe von mindestens 20 Goldtalern zahlt, kann die Ehe rückgängig gemacht werden." Engas Gesicht wurde bleich.
»Recht hast du, Magier. Enga, du wirst dich damit abfinden müssen. Du hast das Gold genommen und nun gib ihn frei!«
Enga zitterte vor Wut am ganzen Körper. Dann gab sie ein Knurren von sich und stampfte zurück in ihr Zimmer.
Sven fiel in den Sessel und atmete erleichtert aus.
»Adam, Emiliana. Ich schwöre feierlich, dass ich nie mehr so betrunken sein werde!«
»Versprich nicht, was du nicht halten kannst, Soldat, denn ein weiteres Mal können wir dir vielleicht nicht helfen.«, antwortete Emiliana.
Adam unterbrach die einsetzende Stille. »Wir haben genug Zeit vergeudet. Es sterben Menschen, während wir hier Eheprobleme lösen. Wir brechen auf!« Sie machte sich daran, ihre Sachen zu packen.
Es hatte aufgehört zu regnen, die Sonne empfing die Reisenden mit ihren warmen Strahlen. Schmerzhaft geblendet vom Licht kniff Sven die Augen zusammen.

RÜCKKEHR ZU DEN ELFEN

Ihre Reise zurück in den Elfenwald verlief ohne nennenswerte Ereignisse und somit hatte Adam viel Zeit zum Lernen.

Seine Fertigkeiten im Umgang mit der Macht wurden immer besser. Immer schneller gelang es ihm, die Aufgaben so zu erledigen, wie es ihm das „Buch der Elemente" vorschrieb.

Kenlad derweil foppte Sven das ein oder andere Mal mit einem Heiratsantrag, was von allen immer wieder mit viel Gelächter honoriert wurde.

Aber schon bald kamen sie an Höfen vorbei, die vollständig vernichtet worden waren. Scheinbar alles war bis auf die Grundmauern niedergebrannt und überall lag totes Vieh auf den Weiden. Es waren wirklich grausame Anblicke. Dann trieben sie die Pferde noch einmal mehr zur Eile und versuchten, ihr Ziel noch schneller zu erreichen.

Zwei Tage später kamen sie in die Stadt, in der sie genächtigt hatten. Die Tore der Stadt waren fest verschlossen und auf den Mauern waren diesmal erstaunlich viele Wachen zu sehen. Adam erbat Einlass. Eine kleine Klappe öffnete sich und ein Soldat schaute ihn fragend an. »Wer seid ihr und was wollt ihr?«

»Wir sind Reisende und wollen zur Nacht ein Dach über den Kopf.«

Nun sahen sie, wie sich die Soldaten, angezogen von dem Lärm, auf der Mauer positionierten und ihre Bögen auf Adam und seine Gefährten richteten.

»So lasst uns doch ein. Wir sind nur müde und wollen euch ganz sicher nichts Böses.«, versicherte Emiliana sanft. Er zögerte. »Wartet! Ich hole den Kommandanten!«

Eine gefühlte Ewigkeit später öffnete sich ein Seitentor und ein Offizier trat auf die Gruppe zu. Kenlad wurde es nun zu bunt. Wütend trat er vor. »Sehen wir etwa aus wie Landstreicher?« Der Offizier musterte sie ausgiebig und nickte dann. »Ich würde sagen: ja. Ihr seht tatsächlich aus, als seid ihr es gewohnt, im Dreck zu schlafen.«

Adam versuchte es versöhnlicher. »Vor wenigen Tagen waren wir schon einmal hier und haben in der „Traurigen Witwe" genächtigt. Fragt die Wirtin! Sie wird es bestätigen. Auch reisen wir morgen schon wieder weiter.«

Einer der Elfenkrieger ging auf den Offizier zu. »Du siehst doch, wer und was wir sind. Also gib den Weg frei!«

Von der Mauer rief plötzlich ein Wachmann: »Hauptmann, hört! Ich kenne die Leute, lasst sie ein! Ich bürge für sie.«

Der Hauptmann blickte noch einmal zu den Elfen, musterte ihre Waffen. Dann trat er beiseite und lies sie durch das kleine Tor eintreten. »Aber macht mir keine Schwierigkeiten!«

Der Soldat, der eben noch auf der Mauer stand, kam zu Adam und begrüßte ihn freudig. Er hatte wohl die Hoffnung, wieder ein sattes Trinkgeld zu bekommen. »Wo ist der Rest Eurer Leute?« Kenlad schaute den Soldaten grimmig an. »Im Kampf gegen die Dämonen gefallen.«

Der Soldat wurde blass. »Vor zwei Tagen versuchten dunkle Wesen in unsere Stadt einzudringen. Sieben Wachen wurden durch sie einfach von der Mauer gemäht. Seitdem sind wir vorsichtiger und prüfen besser genau, wer vor dem Eingang steht. Nach Anbruch der Dunkelheit bis zum Morgengrauen bleiben nun die Tore ohne Wenn und Aber verschlossen.« Adam drückte ihm einen Taler in die Hand und sie machten sich auf in das Wirtshaus.

Die Stadt schien wie ausgestorben, obwohl es noch heller Tag war. Nur sehr wenige Menschen waren auf der Straße. Sogar die Geschäfte hatten nicht geöffnet und die meisten Fensterläden blieben verschlossen.

Auch das Wirtshaus war nahezu leer. Die wenigen Gäste drehten sich besorgt in Richtung Tür, als sie eintraten. Leises Getuschel war zu vernehmen. Sie gingen wieder auf den großen Tisch am Ofen zu.

Freudig kam die kleine blonde Bedienung gelaufen, begrüßte Sven mit einer festen Umarmung und fragte, was sie ihnen bringen könne.
»Gebt uns nur Wein und danach hätten wir gerne ein heißes Bad sowie ein Zimmer für die Nacht.« Sven bestellte sich ein Wasser. Die Bedienung nickte freundlich und kam schnell mit einer Hand voll Becher und Wein zurück an den Tisch.
Wenig später genoss Adam die wohlige Wärme des Wassers auf seiner Haut. Das Bad weckte all seine Lebensgeister. Emiliana trat an die Wanne und schnippte ihm mit den Fingern den Schaum ins Gesicht. Adam antwortete mit einem Schwall Wasser.
Als Emiliana es ihm gleichtun wollte, zog er sie mitsamt ihrer Kleider in die Wanne. Wasser schwappte auf die Dielen, doch das kümmerte die beiden nicht. Sie blieben versunken in ihrem Kuss.
Schon zwei Tage später betrat die Gruppe den magischen Ort, in dem sich das Elfenvolk verbarg. Jeder dort schien einer Aufgabe nachzugehen und sie wurden kaum beachtet. Einzig Norilon stand mit seiner Katze auf dem riesigen Treppenportal und freute sich, sie wiederzusehen. Nalani gesellte sich zum Bibliothekar und winkte der Truppe ebenso zu. Emiliana empfand es, als käme sie endlich wieder heim.
Nun saßen sie alle im Palast an dem großen Tisch

und unterhielten sich aufgeregt. Es war tiefe Nacht, als sie endlich alles erzählt hatten, was ihnen auf ihrer Reise wiederfahren war.
Voller Erstaunen rief König Elodiron mehrmals: »Das würde ja wohl jeden Barden vor Neid erblassen lassen, was ihr erlebt habt!«
»Leider sind das keine Geschichten, mein König.« Adam sah ihn ernst an.
»Verzeiht, junger Magier, ich habe mich hinreißen lassen.«
Sven räusperte sich und getraute sich nun, das Wort zu ergreifen. »König Elodiron, bevor wir unsere Reise antraten, verspacht Ihr dem nun toten Tinus, zu unserem König Kontakt aufzunehmen. Was gibt es darüber zu berichten?«
Der Elfenkönig lehnte sich vor. »Tapferer Soldat, ich habe meine Späher nach Ellion gesandt, doch sie sind noch nicht zurück. Wir müssen geduldig warten. Für Euch aber, Sven, tut es mir sehr leid um den Verlust Eures Freundes.«
Nun schwiegen sie alle und harrten der Dinge, die kommen mochten.

ELLION

Am folgenden Morgen dann kam endlich ein Bote von Ellion. Adam war gerade in seinem Buch vertieft und übte Magie, als ein Reiter in den Schlosshof jagte. Er hielt vor den großen Treppen und stürzte offensichtlich mit letzter Kraft die Stufen hinauf.

»Ich muss zum König!« Er war zwar sicher unendlich müde, dennoch brachte er noch die Kraft auf, um die Wachen zu alarmieren.

Sie führten ihn in den Thronsaal. König Elodiron war gerade dabei, den Rat davon zu überzeugen, dass es oberste Priorität hatte, gemeinsam mit den Menschen gegen die Dämonen vorzugehen. Eine heftige Diskussion war im Gange, doch mit dem Erscheinen des Boten wurde es still im Saal. Alles schaute zur Tür.

Der Junge Elfe war spindeldürr und auf seiner Kleidung prangten schwarze verkrustete Blutflecken.

»Mein König, ich bin schnell geritten, so schnell es mir irgend möglich war.«

Der König erhob sich und ging hastig auf den Boten zu. »Sprich, was hast du zu berichten?«

»Mein König, unsere Reise nach Ellion ging schnell

voran, nirgends wurden wir aufgehalten. Vor den Toren der Stadt dann wurden wir einer Streitmacht gewahr, die ausschließlich aus Dämonen bestand. Sie versuchte, mit unbändiger Gewalt in die Stadt einzudringen. Unsere Soldaten versuchten, den Menschen in Ellion zu helfen. Mich haben sie zurückgeschickt, um Euch zu berichten!«
König Elodiron horchte auf. »Von wie vielen Dämonen reden wir hier?«
»Ich meine, dass es etwa zwölftausend Mann sind.«, stammelte der Elf. Stimmen wurden laut im Saal.
»Seht ihr? Darum müssen wir helfen. Wenn die Dämonen erst mit den Menschen fertig sind, dann kommen sie zu uns.« Viele aus dem Rat nickten.
»Soldat!« König Elodiron schaute den Boten wieder an. »Soldat, hast du Kontakt zu Ellions König Aron aufnehmen können?«
Der Bote hob die Schulter. »Verzeiht, mein König, aber es war kein Durchkommen. Sie waren einfach zu viele.«
Dem Rat nun wieder zugewandt sprach der Elfenkönig: »Ich meine, es ist von unglaublicher Wichtigkeit, dass wir den Menschen helfen! Ich werde achthundert unserer besten Kämpfer entsenden, um die Stadt zu retten. Ellion muss ein sicherer Ort für seine Bewohner bleiben.«
Wieder ertönte lautes Gemurmel. Dann erhob sich

ein alter Elf. »Dann sei es so, König Elodiron, wir entsenden unsere Truppen, um die Menschen zu retten. Ich hoffe, der junge Magier Adam hat Fortschritte gemacht und kann unsere Krieger unterstützen.«

Am nächsten Morgen stand im Elfenwald niemand still, sie spürten, dass etwas Großes vorging.

Adam saß auf den Stufen der Bibliothek und streichelte gedankenverloren die Katze, die er mangels eines Namens kurzerhand Edgar getauft hatte.

Sven eilte zu ihm und keuchte schwer, als er Adam erreicht hatte. »Nun los, Magier! Es geht nach Hause!« Verdutzt schaute er auf. »Nach Hause? Zurück in unser Dorf?« »Dummkopf!«, prustete Sven los. »Nach Ellion geht es, *meinem* Zuhause!« Adam verstand und sein Gesicht hellte sich auf. Schnell stand er auf und lief zu Emiliana, um ihr die Neuigkeiten zu erzählen. Edgar, der sich in seinem Anrecht auf weitere Streicheleinheiten gestört fühlte, lief beleidigt zurück in die Bibliothek.

Wenig später waren vor dem Palast alle versammelt.

Adam und Emiliana schauten mit Ehrfurcht auf die Truppen der Elfen und der Tross, der dazu gehörte.

König Elodiron wünschte Ihnen Glück für die Reise. Nalani trat zu Emiliana und überreichte ihr einen wundervoll verzierten Dolch. »Nimm diesen hier,

Elfenmädchen! Möge die Waffe dich auf all deinen Wegen beschützen. Kommt schon bald gesund wieder!« Dann setzte sich der Trupp in Bewegung.

Eine solche Streitmacht begleitete natürlich auch immer eine große Gruppe von fleißigen Handwerkern, die dafür Sorge trugen, dass auf der langen Reise alles repariert oder gar ersetzt werden konnte - vom Hufeisen bis hin zur Zeltplane, die geflickt werden musste und völlig unabhängig von den Köchen, Stallburschen und Heilern. Es war, als zöge eine kleine Stadt umher.

Der Weg nach Ellion führte über flaches Land. Soweit das Auge reichte, erkannte man keine Hügel oder Berge. Da waren nur Gras und Bäume, wohin man auch sah.

Kaum eine Minute lies Adam verstreichen ohne zu lernen. Er war sich bewusst, welch schwierige Aufgabe ihm zuteilwurde. Das Buch zeigte ihm noch immer so viele Möglichkeiten auf, nur war es manchmal sehr schwer, alles auf Anhieb zu verstehen.

Am Abend, als sie rasteten, setzte er sich mit Emiliana an das Feuer und studierte noch immer in dem Buch. Diesmal tat sich mithilfe der Magie für wenige Augenblicke ein Loch in der Luft auf, dessen Rand flimmerte und bedächtig glühte. Im inneren des Loches war ein kleiner Marktplatz zu sehen.

Leute liefen emsig umher. Emiliana erkannte sofort, dass Adam hier ihr Dorf heraufbeschwor und riss erstaunt die Augen auf. »Wie hast du das gemacht, Liebster?«, rief sie laut und just in diesem Moment fielen aus der Luft silbrige Funken und das Bild war erloschen.

»Wie hast du das gemacht, Adam?«, fragte sie noch einmal, diesmal mit mehr Nachdruck in ihrer Stimme. Er zuckte nur mit den Schultern und sah sie an. »Ich weiß nicht genau. Aber es fällt mir sehr schwer, diese Art von Magie zu weben. Ich muss es erneut probieren!«

Diesmal wurde das Guckloch in der Luft etwas größer und Emiliana erkannte sofort den See, an dem sie sich getroffen hatten, bevor ihr Abenteuer begann. »Sieh doch, der See! Sind das deine Erinnerungen?«

Sven indes beobachtete stumm das Schauspiel, sprang auf, hob einen Stein und schleuderte ihn durch das Loch. Mit einem lauten Klatschen schlug der Stein auf das Wasser. Völlig verblüfft blickten sich alle an. Wie war das möglich?

Adam lies auch dieses Loch verglühen und wob ein weiteres, noch größeres. Diesmal stand er auf, trat vorsichtig hindurch und verschwand dort in das Dunkel. Wenige Augenblicke später trat er mit dem fauchenden Edgar, dem Kater aus der Bibliothek wieder zurück zum Feuer. Das arme Tier wirkte

vollends verstört.
»Das wäre doch eine tolle Reisemöglichkeit.«, sinnierte Sven erstaunt und alle nickten bedächtig.
Adam brachte die Katze zurück. Erst als das Leuchten des Loches erloschen war, merkte er, wie hungrig er war. Die Magie erforderte sehr viel Kraft.
Noch lange redeten sie und ersannen Dinge, die vielleicht möglich wären mit der Magie. Ein Tor für Reisen durch Raum und Zeit...
Mit jeder Übung und jeder Aufgaben die ihm das „Buch der Elemente" stellte, wuchs Adams Kraft. Doch jeden Tag gab es auch Momente, in denen ihm bewusst wurde, dass seine Fähigkeiten noch immer begrenzt waren, denn der Weg nach Ellion war keineswegs gefahrlos. Oft stürzte ein Reiter oder ein Soldat erkrankte derart, dass Adam zu Hilfe geholt wurde. Er musste dringend lernen, sehr viel mehr Magier zu weben. Allein ein gebrochenes Bein zu heilen, verlangte ihm so viel ab, dass er danach bis zum nächsten Tag durchschlief, bevor er mit einem Bärenhunger erwachte.
Nach einigen Tagen sahen sie in der Ferne eine Stadt.
»Dort, schaut!« Sven reichte ihnen ein Fernrohr. »Was ihr dort seht, ist Thorit, eine merkwürdige Stadt. Nur Verrückte leben da."«
Adam musste plötzlich an seine Eltern denken. Was sie wohl taten? Wie es ihnen wohl erging?

Ihr Weg aber führte an Thorit vorbei und schnell verloren sie die Stadt aus den Augen.

In der Nacht begann der Regen und so wurden in den Zelten Feuerkörbe aufgestellt, um es trocken und gemütlich zu haben. Adam nahm wieder sein Buch hervor und gesellte sich zu Emiliana. Endlich war er zu der Seite gekommen, die den Elfenstab beschrieb. Aufgeregt nahm er nun den Stab in die Hand und studierte die eingravierten Runen.

Wie im Buch angewiesen webte er Magie um dem Stab und verband alle Elemente um ihn herum. Emiliana bewunderte die Runen, die sich in atemberaubender Geschwindigkeit miteinander verbanden. In der Mitte ihres Zeltes tauchte in dem Rauch ein Bild von einen Schlachtfeld auf. Unzählige Horden von Schattengezücht stürmten brüllend auf eine Herr bestehend aus Elfen und Menschen zu. Abseits davon, standen einige Gestalten auf einem Podest. Einer von ihnen hielt den Stab der Elfen und mit vereinten Kräften richteten sie ihn auf die dunkle Heeresmacht. Von dem Stab löste sich ein blaues Licht, das sich wie ein Netz ausbreitete und auf den Feind zuhielt. Sobald dieses Licht einen der Dangan berührte, war es, als würden sie in ein Erdloch versinken. Sie wurden einfach ausgelöscht und das ganze dauerte nur wenige Minuten. Schon bald war das gesamte dunkle Herr besiegt.

Still war es im Zelt. Sven löste die allgemeine Starre auf, indem sein Weinbecher zu Boden fiel. »Das ist eine wirklich sehr mächtige Waffe, die ihr dort tragt. Ich dachte, dein Schwert wäre schon einzigartig, aber dieser Stab hier, der hat es in sich!«

Adam versuchte, sich erneut auf die Magie zu konzentrieren, doch das Bild erlosch. Nur der Stab leuchtet noch immer in seiner Hand und die Runen verbanden sich weiter mit denen auf seinem Arm. Schlagartig nahm er die ganze unbändige Kraft des Stabes wahr, die ihn fast zu Boden warf, ihn fast erdrückte. Adam nahm niemand in dem Zelt mehr wahr, so sehr war er mit der Magie verbunden. Er genoss seine Macht. Als erstes wollte er probieren, das Wetter zu ändern. Augenblicklich hörte der Regen auf und die Sterne zeigten sich. Rings um das Lager war nicht eine Wolke mehr am Himmel und es wurde merklich wärmer.

Emiliana schalt ihn »Was tust du? Warum vergeudest du Magie? Der Regen hätte uns wohl nicht getötet.«

Zwar hatte Adam viel Energie verbraucht, aber diesmal fühlte er sich weder schwach noch hungrig. Alle Kraft kam nicht aus ihm sondern von dem Elfenstab.

Im „Buch der Elemente" suchte er nach der Anleitung, wie er die Magie im Stab speichern konnte. Sofort probierte er, auch diese Magie zu weben, und nahm sich - wie im Buch beschrieben - ein kleines Wesen zu Hilfe. Die Motte, die vom Licht des Feuers angezogen wurde, flatterte noch munter im Zelt umher. Adam wob sie in seinen Bann und entnahm ihr jede Lebensenergie. Er sah, wie ein feiner Silberfaden auf den Elfenstab zufloss und mit einem Glimmen darin verschwand. Zwar tat ihm das Tier leid, doch der Stab brauchte die Energie.

Das also musste er tun mit der Magie, die er nicht nutzte. Sofort bündelte er ein bisschen Magie und schickte sie in den Elfenstab. Dieser erstrahlte nun viel heller.

Sie legten das Buch weg. Emiliana sah ihn stolz an und küsste ihn liebevoll. Diesmal weit weniger geschwächt ließ er sich in ihre Arme sinken.

Sven schnarchte leise und direkt vor ihm auf dem Boden lag wieder einmal ein erfolgreich geleerter Weinkrug.

Der Tag begann mit einem schönen strahlenden Morgen und somit waren auch alle gut gelaunt dabei, das Frühstück zu bereiten. Nur Sven schien noch viel zu müde zu sein. Emiliana dachte lächelnd bei sich: »Wie viel Wein mag wohl noch auf den Proviantkarren sein?«

In diesem Augenblick kamen die Kundschafter zurück in das Lager. Einer von ihnen war schwer verletzt. Schnell wurde ihm vom Pferd geholfen und

Emiliana schickte nach Adam. Als der die Wunde sah, erinnerte er sich noch gut an seine eigenen Qualen damals am See, als sie das erste Mal von den Dangan angegriffen worden waren. Mit besorgtem Blick setzte er sich zu dem Soldaten und während er leise auf ihn einredete, legte er seine Hände auf die Verletzung. Das Siegel auf seinem Arm leuchtete auf. Er konnte die Schmerzen und die Angst, die in dem Soldaten fest saß, deutlich spüren.

Wenig später aber saß Adam auf einem der wenigen Stühle im Lager, vor ihm ein großer Tisch, auf dem eine Karte ausgebreitet lag und die beiden Kundschafter standen kerngesund vor ihm, als sei nie etwas gewesen. »Berichtet, was passiert ist. Wie kamt ihr zu dieser Verletzung?«

Der Ältere von beiden sprach leise: »Etwa zwei Tage von hier ritten wir durch eine kleine Gebirgsschlucht und sahen in der Ferne ein kleines Feuer. Der da,«, er zeigte auf seinen Kameraden, »wollte unbedingt wissen, was das Feuer zu bedeuten hatte. Aber als wir schnurgerade darauf zuritten, wurden wir von den Dangan umringt. Nur mit Mühe gelang es uns, ihren Kreis zu durchbrechen und zu flüchten. Ich vermute, dass sie einen Pass bewachten, denn hinter ihnen konnte ich tausende dieser Bestien erkennen. Wenn wir in diese Richtung weiterziehen, werden wir ihnen direkt in die Arme laufen.«

Adam folgte der Beschreibung des Kundschafters auf der Karte. »Es ist sicher gut, wenn man neugierig ist, aber Neugier darf einem nicht das Leben kosten. Nicht immer bin ich zustelle, um zu helfen!« sprach er zu dem jüngeren der zwei Männer. »Dennoch habt ihr natürlich gute Arbeit getan und ich danke euch.«
Noch einmal sah er auf die Karte und suchte nun einen Weg, die Dangan zu umgehen. »Wir wollen an ihrem Lager vorbeimarschieren und sie überholen, denn um Ellion zu retten, müssen wir vor ihnen in der Stadt eintreffen! Wir werden nachts marschieren und keine Feuer unter freiem Himmel mehr entzünden, damit uns die Dunkelheit verbirgt.«
Die anderen Elfen gaben eilig diese Befehle weiter und kümmerten sich um deren Umsetzung.
Sven saß derweil vor sich hin feixend da. »Schau an, schau an! Nun befehligt er schon ein kleines Herr. Er macht sich, der junge Magier. Am Ende wird er noch König..." Er ging, um dem restlichen Wein auf dem Karren einen Besuch abzustatten.
In aller Frühe schon waren die Zelte abgebaut und die Wagen beladen. Alles war in Aufbruchsstimmung. Mit noch müden Knochen schlich sich Adam durch die Wagen, um sein Pferd zu holen. Was würde er dafür geben, um endlich wieder in einem richtigen Bett schlafen zu dürfen oder auch nur ein heißes Bad zu genießen. Vielleicht würden sie gar in Ellion in

solchen Genuss kommen?

Es ging zügig voran. Gegen Mittag setzte ein Nieselregen ein, der kontinuierlich alles mit einem feuchten Film umschloss. Das Wasser kroch in jede Ritze. In der Ferne sahen sie die Berge. Dunkelgrau ragten sie am Horizont. Dort irgendwo musste Ellion sein - und die Dangan. Adam fröstelte bei dem Gedanken, diesen fürchterlichen Kreaturen wieder gegenübertreten zu müssen.

Der Weg wurde durch den stärker einsetzenden Regen nahezu unpassierbar. Alles wurde zu Schlamm und machte ein Vorwärtskommen unmöglich. Somit schlugen sie am Rande eines kleinen Waldes ihr Lager auf und waren erleichtert, das der lange Tag nun ein Ende fand.

Nachdem sie noch einmal die Karte studiert hatten, wussten sie, dass lediglich noch einen Tag von Ellion entfernt waren.

Kenlad deutete auf einen Pass in den Hügeln. Der war zwar weiter weg als der, zu dem diese Straße führte, würde sie aber nicht direkt in die Arme der Dangan führen. Allerdings bräuchten sie dann nochmals einen halben Tag länger. Mit ernster Miene hob Kenlad an: »Junger Magier, unserer Kundschafter sollten eigentlich längst zurück sein.« Adam nickte. »Ja, aber wir werden nicht mehr lange warten können. Sollten sie bis zum Tagesanbruch nicht zurück sein, müssen wir von dem Schlimmsten ausgehen und weiterziehen, denn wir müssen nach Ellion.«

Plötzlich hielt Adam inne, als sei ihm etwas eingefallen. Er bedeutete Emiliana, sie möge zu ihm kommen. Dann ließ er sich von Kenlad ausführlich die Stadt Ellion und deren nähere Umgebung beschreiben.

Nur wenig später wob er gemeinsam mit Emiliana die Magie, wie er sie zuvor schon probiert hatte.

Ein neues waberndes Loch tauchte vor ihnen im Zelt auf. Erschrocken wichen alle zurück, als ihnen eine Feuersbrunst entgegenschlug. Sie sahen, wie Menschen lebendig verbrannten und hörten ihre Schreie. Ellion wurde stark belagert und drohte zu fallen, wenn nicht bald Hilfe kam.

Adam schloss das magische Fenster und öffnete ein neues. Jetzt sah man das ganze Ausmaß. Sämtliche Tore der Stadt hielten kaum noch stand und hinter ihnen brannte es allerorts. Die Dangan waren eine große schwarze Masse, die die Stadt umringten.

Ruckartig schloss Adam das Fenster. Er blickte in die Runde und fasste einen Entschluss.

»Wir brechen auf, JETZT! Wir müssen den Menschen zu Hilfe kommen.« Eilig legten sie die Route fest. Jeweils rechts und links des Weges wurden zwei Späher ausgesandt, die in regelmäßigen Abständen

Bericht erstatten sollten.
»Wir lagern direkt am Pass und bauen mit den Wagen einen Schutzwall. Dann werden wir die Stadt von zwei Seiten angreifen. Hundert Krieger direkt auf sie zu, weitere hundert an den Flanken.« Er sah Emiliana und Sven an. »Wir drei werden von dem Hügel hier«, er zeigte auf die Karte, »den Kampf überschauen und mit allem, was uns irgend möglich ist, eingreifen.«
„Mögen die Götter mit uns sein!", seufzte Sven.
Alles, was sie nicht dringend brauchten, wurde zurück gelassen. Jeder Schmied oder Diener, der nicht kämpfen wollte, sollte zurückbleiben.
Zügig hielten sie nun in Richtung der Berge auf Ellion zu. Am dunklen Horizont sahen sie bereits den Feuerschein, der unheilschwanger aus der Stadt quoll. Dieser Anblick ließ sie noch schneller gehen.
Die Kundschafter berichteten abwechselnd von kleinen und größeren Gruppen Dangan, die nichts ahnend die Straße bewachten. Ihr Plan schien aufzugehen.
Stunden später, der Himmel zeigte schon den ersten Schimmer des Morgens, erreichten sie den Pass. Von hier aus konnte man dieselben Umrisse der Stadt ausmachen wie zuvor durch das magische Loch. Die Luft roch verbrannt.
Kenlad formierte die Truppen wie von Adam

angewiesen und ließ sie losmarschieren. Er und sechs weitere Elfen knieten sich vor den Magier. »Wir werden den Befehl unseres Königs ausführen und an eurer Seite bleiben.« Sie senkten die Häupter.

»Steht auf! Wir haben keine Zeit dafür!« Sven lief hinter Emiliana und die kleine Truppe erklomm einen der beiden Hügel vor der Stadt. Von hier aus überblickten sie das gesamte Schlachtfeld. Sie standen wie festgewachsen da und konnten nicht begreifen, was sie sahen: Tausende dieser Schattengestalten drängten erbarmungslos auf die Stadt zu, alles vernichtend, was ihnen in den Weg kam.

Der erste Trupp Elfen fiel bereits in die Horde ein und schlugen eine Schneise in die Reihen der Dangan, die gar nicht begriffen, was hier passierte.

Dann sah man auch Bewegung in den Flanken und spürte, wie Unruhe ausbrach. Von den Stadtmauern her hörte man erste Jubelrufe und es wurden wieder vermehrt Salven von Teerkugeln und Pfeilen abgeschossen. Das heiße Öl ergoss sich in einem zähen Schwall auf die Monster, bevor sie sich durch heranrasende Brandpfeile entzündeten. Eine riesige Feuerwand schlug plötzlich gen Himmel und verbrannte alles, was sich in ihrem Umkreis befand.

Adam versteifte sich und drückte Emiliana an sich. Bevor er den Elfenstab erhob, schaute er ihr in den

Augen und küsste sie. Dann zog er so viel Energie aus dem Stab, wie er aufnehmen konnte und richtete ihn auf die Dangan. Wie sie es bereits in der Vision gesehen hatten, entfuhr dem Stab ein blauer Lichtstrahl, der sich schnell verästelte und auf den Feind zuhielt.

Die Luft knisterte. Sven schaute mit weit aufgerissenen Augen zu und stürzte den Rest Wein in seinen Hals. So etwas hatte sicher noch kein Mensch gesehen.

Sobald die Dangan von dem blauen Licht berührt wurden, lösten sie sich in nichts auf. Schneller und schneller lichtete sich so das Schlachtfeld.

Erst als mehr als die Hälfte des Schattengezüchts vernichtet worden war, traten diese den Rückzug an. An der rechten Flanke blitze plötzlich ein grelles Licht auf und eine Art riesiges Tor öffnete sich. Die Dangan stürmten auf dieses Loch zu und verschwanden darin.

Adam reagierte schnell und sandte seine todbringende Magie nun in die Richtung des Portals, um die Bestien zu vernichten, bevor sie weiter darin verschwinden konnten. Als das blaue Licht das magische Tor erreichte, schien die Luft zu explodieren. Mit tosendem Donner und einem Lichtblitz, der alles für einen kurzen Moment taghell werden ließ, schlug direkt vor Adam eine Welle von

Energie ein und warf alle weit zurück zu Boden. Sogar kleine Bäume flogen durch die Luft und Dreck bedeckte alles.

Dann wurde es still. Adam hatte ein unerträglich lautes Piepen im Ohr und sein linker Arm lag unnatürlich verdreht vor seinem Gesicht. Doch er spürte keinen Schmerz. Er suchte Emiliana und fand nur Sven. Der Soldat lag leblos wenige Meter von ihm entfernt. Er hatte sich schützend über Emiliana geworfen, die sich nun langsam regte und versuchte, sich zu befreien. Sofort war Kenlad zustelle. Blut lief ihm aus einer tiefen Wunde über das Gesicht.

Langsam stellte sich das Gehör wieder ein und erst jetzt vernahm Adam, dass der Elf fortwährend mit ihm sprach. »Seid Ihr verletzt? Braucht Ihr Hilfe?« Der Elf schrie jetzt fast. Adam verneinte, ließ sich auf die Beine helfen und eilte zu Emiliana, die sich besorgt über Sven beugte. Der aber schlug schon die Augen auf und schaute sich ungläubig um. »Sind wir tot?«, krächzte er und drehte sich vorsichtig auf die Seite. Er tastete nach jedem einzelnen seiner Knochen. Beim Aufstehen hob er ein Bündel, das neben ihm lag, auf, entnahm den Weinkrug und trank einen großen Schluck.

Als sie sich gesammelt hatten, die Wunden verarztet und Adams Arm gerichtet in einem Verband steckte, schauten alle in Richtung Ellion.

Die Druckwelle hatte das nördliche Stadttor weit in das Innere der Stadt gefegt und dabei beträchtlichen Schaden angerichtet, doch auf den Trümmern standen hunderte von Menschen und jubelten und winkten ihnen zu.
Kenlad versammelte seine Truppen. Zusammen machten sie sich auf in die Stadt. Sie waren rechtzeitig angekommen.
Sie hatten es geschafft!

Der Boden war durchweicht von dunklem Blut und das Schlachtfeld war übersät mit Leichen. Viele tapfere Männer hatten hier ihr Leben gelassen.
Von weitem schon erkannten sie, dass die Soldaten damit begannen, das Nordtor und alles darunter von Schutt und Asche zu befreien.
Der hohe Wachturm war gänzlich nach hinten gekippt und hatte einige Häuser unter sich begraben.
Die Elfen bahnten sich einen Weg durch das Chaos. Sie wurden bejubelt und viele Menschen kamen und schüttelten ihnen dankbar die Hände.
Vor einem sehr großen Gebäude standen viele Wachen, dahinter König Aron. Er trat vor und begrüßte die Retter seiner Stadt mit einer tiefen Verbeugung.
Tränen standen in seinen Augen. Man sah ihm deutlich an, dass es ihm sehr schwer fiel, die

richtigen Worte zu finden.

»Euch schickt der Himmel! Ihr seid gerade im letzten Moment gekommen, länger hätten wir den Dangan wohl nicht standhalten können. Ich danke euch und euren Soldaten, dass Ihr uns gerettet habt. Folgt uns auf mein Schloss, damit sich unsere Heiler Eure Wunden ansehen können.«

Der Teil der Stadt, durch den die Gefährten nun gingen, war nicht beschädigt und sie konnten gut erkennen, wie reich diese Stadt war. Die meisten Häuser waren aus hochwertigem Stein und erstreckten sich über die und mehr Stockwerke. Die Straßen waren fest gepflastert und sauber. Der Marktplatz der Stadt war gigantisch. Hier kreuzten sich alle großen Straßen und an jeder Ecke waren Wirtshäuser und Geschäfte.

Wenig später gelangten sie in den Palast, wo sie von einer besorgten Dienerschaft in Empfang genommen wurden. Man führte Adam und alle anderen sofort zu einem Heiler.

Adam war nicht mehr in der Lage gewesen, die anderen und geschweige denn sich selbst zu kurieren. Der Kampf hatte ihn so sehr angestrengt, dass er sich kaum auf den Beinen halten konnte.

Sonnenstrahlen drangen durch das Fenster in sein Zimmer. Adam lag in einem großen kostbar verzierten Bett. Dicht neben ihm lag Emiliana und schlief fest.

Er brauchte einen kurzen Moment. Dann fiel ihm schlagartig wieder ein, was geschehen war.

Sanft küsste er seine Liebste auf die Stirn und schlüpfte vorsichtig und leise aus dem Bett, um sie nicht zu wecken. Nach einer kurzen Wäsche, zog er sich an und machte sich auf, den König zu suchen.

Kaum hatte er die Tür geöffnet, kamen die Diener gelaufen und verneigten sich vor ihm.

»Großer Magier, wir wünschen wohl geruht zu haben. Was dürfen wir für Euch tun?«

»Bringt mich zu Eurem König!«

Die Lakaien verbeugten sich nun noch tiefer. »Sehr wohl, der Herr.« Sie geleiteten Adam durch einen langen hohen Flur. Links und rechts an den Wänden hingen riesige Gemälde von Königen und Kriegern oder auch ganzen Schlachtfeldern. Überall gab es hier prunkvolle Vorhänge und Säulen, deren Kapitell so reich mit Gold verziert waren, dass es ihm in den Augen blendete.

Vor zwei großen Türen standen Diener. Auch sie verneigten sich pflichtschuldig, als sie Adam sahen und wortlos die Pforte für ihn öffneten.

Jemand kündigte ihn laut beim König an: »Mein König! Der hohe Herr Magier, Retter von Ellion…«

König Aron war ein Mann um die vierzig mit breiten

Schultern, einem langen Bart und traurigen Augen , die sicher schon sehr viele Schlachtfelder gesehen hatten. Er saß auf einem herrschaftlich anmutenden Stuhl an einer riesigen Tafel, die sich bog unter der Last der vielen Speisen, die hier aufgetischt waren.
»Kommt, setzt Euch zu mir, Magier. Seid mein Gast. Wir haben viel zu bereden.«
König Aron winkte ihn heran. Wieder neue Diener eilten zu ihm und stellte ein Gedeck samt goldenem Pokal vor ihn auf den Tisch. Sie füllten den Kelch einem Wein, der köstlich nach Gewürzen duftete.
»Mein Reich und ich können Euch gar nicht genug danken, Magier! Als der Bote des Elfenkönigs bei uns eintraf, wollten wir es nicht glauben, dass die Elfen uns zur Hilfe kommen wollten. Wir waren kurz davor, die Stadt aufzugeben.
Die Tür öffnete sich erneut. Emiliana, Sven und die Elfenkrieger angeführt von Kenlad wurden eingelassen und traten in den Saal.
Freudig ging Adam seiner Teuersten entgegen und nahm sie zärtlich in den Arm. Staunend betrachtetet er Emiliana, die ein dunkelblaues Kleid trug. Überall prangten golddurchwirkte Spitzen und ein breiter, reich verzierter Gürtel schmückte die schlanke Taille. Adam konnte sich kaum satt genug sehen an ihr.
»Wunderschön bist du! Wie eine Prinzessin!«
Verlegen stupste Emiliana ihn an. Er nahm ihre Hand

und führte sie zum Tisch, wo er ihr den Stuhl zurecht schob und sie neben sich Platz nehmen ließ.

König Aron stand noch immer, schaute nun in die Runde und bedankte sich ein weiteres Mal bei allen.

Während sie aßen, erzählte ihnen König Aron, wie auf einmal aus dem buchstäblichen Nichts die Dangan aufgetaucht waren. Innerhalb weniger Minuten waren Horden von ihnen vor der Stadt zu sehen gewesen, als seien sie aus dem Boden gewachsen. Dann stürmten sie auch schon auf die Stadtmauern zu, um alles zu zerstören.

»Just als Ihr eingriffen habt, haben diese Monster meinen Sohn entführt. Ganz plötzlich verschwand er einfach von meiner Seite, löste sich förmlich in Lust auf. Niemand konnte ihm helfen.«

Bestürzt sahen sie den König an. Selbst Sven ließ von seinem Becher Wein ab und schaute betrübt vor sich auf den Boden, während der König um seinen Sohn trauerte.

Nach dem Essen ritten alle erneut zum Nordtor, um die Schäden zu überblicken.

Hier waren unzählige Helfer am Werk. Die Straßen waren schon fast wieder vollständig geräumt und auch das Tor war als solches zu erkennen. Nur das Torhaus war völlig zerstört und nicht mehr zu retten.

Einige Zimmerleute fuhren Holz heran, um Brüstungen zu bauen, damit die Stadtmauer wieder

vollständig errichtet werden konnte.
Selbst Frauen, Kinder und verwundete Soldaten halfen bei den Reparaturen, denn die Angst vor den Dangan trieb sie alle zur Eile.
»Einen weiteren Angriff werden wir nicht überstehen. Sie würden uns diesmal einfach überrennen.« bemerkte König Aron mutlos.
Emiliana zerrte vorsichtig an Adams Jacke, zog ihn beiseite und zeigte ihm eine neue Seite im „Buch der Elemente."
Adam verstand sofort. Er wob seine Magie um die erforderlichen Elemente und wie von Geisterhand fügten sich dann Stein um Stein des Stadttores wieder zusammen, als wären sie niemals auseinandergebrochen.
Die Arbeiter am Tor schrien auf und flohen aus Angst. Erstaunt blickte König Aron auf, als der Wachturm sich wieder aufrichtete und mit einem lauten Donnern aufrecht dort zum Stehen kam, wo er vor dem Angriff der Dangan schon seit fast tausend Jahren gestanden hatte.
Die eingefallene Stadtmauer schloss sich fast ebenso schnell wieder und davor erhob sich zusätzliche Mauer mit Wehrgängen.
Überall waren nun Steine und Sand und Wasser in Bewegung und es erhob sich rings um die Stadt ein Schutzwall mit insgesamt vier Stadttoren und

Torflügeln aus Eisen.
Völlig entkräftet sank Adam zu Boden. Er wusste, dass er sich übernommen hatte, doch wusste er ebenso, dass dieser Zauber vonnöten war, um die Leute hier in Ellion zu schützen.
Nachdem sie sich von ihrem ersten Schrecken erholt hatten, bedankten sich die Leute ununterbrochen. Solch ein Wunder hatten sie noch nie gesehen.
Zurück im Schloss fühlte er nur noch das weiche Bett und schon war er im Reich der Träume.

Der nächste Morgen weckte ihn mit dem Duft von gebratenen Eiern und frischen Brot. Mit fast unmenschlichem Appetit stürzte er sich auf das Essen. Am Tisch neben ihm räusperte sich Kenlad verlegen, so dass Adam zu ihm aufblickte.
»Großer Magier, heute früh kam ein Bote von König Elodiron. Meine Truppen werden zuhause erwartet. Ich allerdings will mit meinen treuesten Soldaten bei Euch bleiben und Euch auf Eurem Weg begleiten, wenn Ihr erlaubt.«
Adam verschluckte sich fast und schenkte Kenlad nun endlich seine volle Aufmerksamkeit.
»Aber die Stadt muss beschützt werden, Kenlad!«
»Das wird sie, Magier! Eure Mauer werden mehr ausrichten als alle Elfenkrieger. Mein König duldet keine Verzögerung, denn auch wir müssen uns und

unser Volk natürlich schützen vor den dunklen Mächten, die sich noch immer überall ausbreiten.«
Adam legte sein Besteck beiseite, wischte sich mit einem Tuch den Mund ab und stand auf.
»Dann werden auch wir weiterreisen. Dankend nehme ich hiermit Euer Angebot an, Kenlad, und es ehrt mich wirklich, dass Ihr bei uns bleiben wollt!«.
Adam drehte sich zu Sven. »Was ist mit dir, mein Freund? Willst du uns ebenfalls begleiten?«
Sven fiel den Weinbecher fast aus der Hand. Hat der Magier eben „Freund" zu ihm gesagt? Zögernd stand er auf. »Ähm, naja, also ich müsste da vorher schon ein Wort mit meinem Kommandanten reden. Aber begleiten würde ich euch natürlich sehr gern!«
»Dann ist es abgemacht.«, rief Adam. »Ich spreche mit König Aron. Bereitet ihr alles für die Abreise vor. Noch vor dem Mittag reiten wir los.«

Im Thronsaal schaute König Aron interessiert die kleine Gruppe an, die ihm wortreich erklärte, was ihr Ziel sei.
»Aufhalten kann ich euch nicht, das mag sein, doch lasst mich euch ein wenig helfen.« Er zog eine kleine Kiste mit Goldstücken hervor, die er Adam überreichte. »Nehmt das mit auf eure Reisen sowie meine besten Pferde und Wagen. Nehmt mit an Personal, was ihr braucht. Meine besten zehn

Soldaten sollen euch begleiten. Und ihr da, Soldat!«
Sven zuckte zusammen, »Tretet näher!«
Zögernd ging Sven auf den König zu.
»Ihr habt mehr Mut bewiesen, als man euch zugetraut habt. Ihr geht mit, jedoch nicht als Soldat sondern als Hauptmann.«
Sven hustete, damit hatte er nun wirklich nicht gerechnet. Seine neuen Rangabzeichen wurden ihm nebst einem neuen Schwert von den Lakaien des Königs überreicht.
»Mir bleibt nur noch einmal, euch dafür zu danken, dass ihr meine Stadt gerettet habt. Wir stehen für ewig in eurer schuld!«
Betrübt fügte er hinzu: »Solltet ihr auf eurem Weg ein Lebenszeichen von meinem Sohn erfahren, wäre ich natürlich sehr erfreut, wenn ihr mir berichten würdet, denn er ist nicht nur der alleinige Erbe sondern auch mein Ein und Alles.«
Emiliana und Adam verneigten sich tief vor dem König und versprachen, alles ihnen Mögliche zu tun, den verlorenen Sohn zu finden.
Im Schlosshof tummelten sich emsig die Leute, Wagen wurden beladen und Pferde gesattelt.
Sven stolzierte mit neuer Uniform über den Platz und einige Soldaten staunten nicht schlecht, als sie den ehemaligen Kameraden so sahen. Sofort salutierten sie ihm.

Der Tross setzte sich in Bewegung und wie Adam es vorhergesagt hatte, war es noch nicht Mittag, als sie durch das Südtor die Stadt verließen.
Er war wild entschlossen, die Quelle dieser dunklen Macht zu finden und das Leid, das die Dangan über sie brachten, ein für allemal zu beenden.

ENDE BAND I

Lesen sie weiter:

Band II - Festung der Flüche
Band III – Grywald

IN EIGENER SACHE

In allererster Linie möchte ich mich bei meiner Familie, meinen Freunden und den vielen Helfern dafür bedanken, dass dieses Buch überhaupt erscheinen konnte.
Mein besonderer Dank geht an den Filmclub Güstrow e. V. und dem dazugehörigen Jugendclub „Alte Molkerei" sowie dem „yellow fun box" Jugendclub der AWO Güstrow. Ohne euch hätte es diese Geschichte wohl nie gegeben. Natürlich ist die Rechtschreibung und Grammatik ohne vernünftiges Lektorat erst einmal grausig, daher geht mein Dank hierfür an Mandy Kommoß. Du hast tolle Arbeit geleistet. Ganz besonders möchte ich natürlich auch die künstlerische Leistung von Sabrina Pahlke hervorheben. Ich danke dir für die einfach wundervollen Zeichnungen. Auch danke ich meiner lieben Freundin Maria Graumann für das Einbringen wesentlicher Ideen und Elemente. Mein geschätzter Freund Gregor Reisch hat für mich diesen wunderbaren Einband gestaltet. Auch dir danke ich natürlich herzlich. Frank Waldau, großer Dank geht auch an dich für die Webseite zum Buch. Last but not least: Liebe Leser, was wäre denn dieses Buch ohne euch?! DANKE!